候

許琇禎——著

謹將此書獻給我親愛的父親母親

目次

我只是借停一下

女人拿出了磨指刀在食指上動作起來，她的低胸洋裝刻意凸顯了她原本不深的乳溝，盤起的髻只插著一隻木製髮簪，大量裸露的前胸撲著白粉，卻沒有依常理佩戴任何項鍊。

車子離開台北市朝基隆方向前進，男人Armani西裝畢挺目不斜視的望著前方。「真的不上高速公路？」女人頭也沒抬的說，現在她正開始磨第三隻手指。

「走省道經濱海公路的風景比較好」男人從照後鏡斜瞥了女人一眼。這時車子轉進一條兩線道的馬路。一輛垃圾車開過去。

男人的左手有一隻貨真價實的勞力士鑽錶，精白的臉上刻意在下巴留下一些鬍渣，沒拉到頸子的淺花色領帶，翻領白色粉紅條紋襯衫透著一股精明的雅痞味道。女人側臉看了看窗外，路邊淨是些透天厝的商店招牌，有賣五金的、機車行、早餐店……，一式白底黑字，暗乎乎的騎樓，沒見什麼人出入。女人瞄一眼時間，已經下午兩點了。「你餓不餓？」男人大概也看到了時間說。「還好，這裡有像樣的地方吃飯嗎？」聽不出來這句話有沒有其他的意思，男人的臉略略顯得不快，不過語氣平穩：「台灣哪都有吃的。」「喔！」女人似乎不太在意的，開始磨第五隻手指。

男人握方向盤的手緊了緊，稍微減低車速，他略略前傾盯著兩側的商店招牌。另一輛垃圾車經過。

冷氣風口突然湧出一股臭味，女人啪的一聲關了空調，男人右手打開車頂的空調，繼續往濱海公路前進。「該死」女人大叫，男人差點開近對面車道，還好路上一輛其他的鬼車都沒有。男人坐直身子，「怎麼了？」「你不會看啊！指甲斷了。這什麼鬼地方，你到底知不知道路。」男人的臉沉了下來，卻沒有回嘴。窗外還是一家一家五金行、機車行和已經關門的早餐店。七月的太陽照頂，BMW最新車系銀白X5Face life開的天窗冷熱兩面凍烤，不斷蒸發著熱氣。他開始不耐起來，這條路筆直的連岔路和迴轉路口都沒有，「早知道就不要冒險走這條新路」男人心想，「反正有車，總是能繞出去」，他看了照後鏡一眼，整條街道空無人車，像一輛獨自駛在六〇年代電影片廠的道具。

女人的酥胸雪白攤開在一旁，他原可用閒置的右手做些挑逗，但是男人的自尊不容許他在未證實自己正確選擇之前用任何方式掩飾錯誤，更何況他也還未真的失敗。「只要找家便利超商停一下，順便在店裡問問人，應該沒問題」。可是這條兩邊都畫著禁止停車的雙黃線上一家便利超商都沒有。他儘量避免去看女人的表情，偶爾盯著那一片雪白的酥胸，「像一塊結凍的豬油」他為自己這個報復似的嘲謔念頭得意的微笑起來。又一輛垃圾車經過。

男人決定把車停在這間堆著米袋沙拉油鍋碗掃把的雜貨店門口。「我去買個飲料，你要喝什麼？」「隨便」女人已經磨到第七隻手指了。

男人走進雜貨舖，一個老舊的電風扇後面坐著一位老太婆。「買兩瓶可樂」。「在裡面」「我要冰的」「在裡面」。男人往黑呼呼的甬道裡走的時候，女人已經磨完第十之手指了，她決定脫掉涼鞋開始磨腳指，車鑰匙繼續插著，引擎持續運轉。

雜貨舖的裡面是一間更狹窄的倉庫，男人開了黃色的燈泡邊閃邊跳的經過兩側堆放的桌椅和紙箱。他一面對外詢問阿婆可樂放在哪裡，一面小心翼翼的避免他的西裝沾到灰塵。「在最裡面」阿婆說。

女人專心磨她的腳指，心裡並沒有抱怨男人，只是不知道什麼時候才找得到像樣的地方吃飯。大概是屈起的膝蓋壓迫了膀胱，她忽然想找個地方上廁所。「他應該馬上出來吧！」她看四周一輛車都沒有「這種鬼地方，想必沒有警察，借停一下應該沒關係」，原本打算把後座寫著「借停一下，手機0958123456」的遮陽板拿出來，轉念一想，未免此地無銀三百兩，她迅疾離車，決定出去小解一下。

女人下車的時候，男人已經走到倉庫的最裡頭，他的車還繼續在艷陽下空轉，又有兩輛垃圾車開過。阿婆站在甬道口對他說：「罐頭都在下面」「什麼東西下面？」「就是紙箱下面」。男人仔細看了每一個堆疊的紙箱，從冷氣機、電風扇、烤箱、到最下面一個寫著蘆筍汁的紙箱。「沒有可樂ㄟ！是蘆筍汁」「是另外一邊啦！」他轉身重新搜尋，汗水在灰塵幽暗的倉庫裡開始清楚地從額頭流進他的新襯衫，果然在最下方看到一個寫著台灣啤酒尚青的紙箱。正當男人果決地吞下原本要詢問的「冰可樂」問題，打算隨便拿兩罐飲料走人時，女人已經往對街走去，她想找一家花店借廁所，賣花的都是女人比較好說話，重點是廁所會乾淨些。騎樓下面堆滿著各種螺絲起子，輪胎和打氣筒。她的酒杯跟涼鞋歪歪斜斜地一間一間的扭著她用束腹挺起的胸部，幾個汗衫上沾滿油墨的男人眼神呆滯無視她嬝娜地走過。這時女人的胸脯開始冒出斗大的汗珠。

倉庫裡的男人正抉擇要不要為兩罐啤酒大費周章的時候，阿婆已經走到他的身邊。「你幫我把這箱可樂搬出來」「我趕時間ㄟ」「幫老人家一個忙，把可樂搬出來」老太太執著的看著他，男人第一次在昏暗的燈光下注視一個人的眼睛，「我是青瞑，無法度搬，你幫我搬」那對翻白一動也不動的眼球迫使他不得不屈服。

女人現在停在一間陰廟前面，她問坐在門口的老先生可不可以借個廁所，老先生用左手指了指裡面，便再度閉眼打起瞌睡。她往裡走首先看到房間供奉一尊雙目圓睜的神像，濃厚的檀香和紅色燈台讓她全身打了寒顫。神像背後有一扇紅色的門，她快步走過去進到一間白色的房間，房間裡有一張圓桌，少許飯菜還放在桌上，一道紗門後是一個小院子，由三棟透天厝圍起來，她不得不走進最靠右的第一家。

男人把西裝外套、襯衫脫下來交給阿婆，雪白但是在健身房練出的肌肉便露了出來，他有點可惜無人鑑賞地看著自己厚實的胸肌，開始搬運最上層的紙箱。第一個寫著冷氣的紙箱裡，有幾把生鏽的鋤頭和一把古代的青銅劍，劍柄的黃穗還很鮮豔，但是劍身已經長出銅綠，也不見劍套。他一一將之取出，穿過狹窄的甬道把它們立在前屋門口，順便探頭看一眼他引擎嗡嗡作響的車。第二個寫著微波爐的紙箱裝的是一堆舊衣服，全是小孩子的尿布、顏色俗不可耐的褪色女人衣褲，男人不知為什麼從一件粉紅色的開領布衫想起女人今天雪白的胸，他把衣服湊近鼻子，一股混合著體香的霉味令他興奮起來。阿婆就站在甬道口，男人為掩飾自己的心緒，開始顧左右而言他起來：「這條路通到哪裡？」「海邊。」「還有多遠才到海邊？」「不遠。」「要開多久？」「無免多久。」「直直走就到？」「直直走是到垃圾場」。

第一棟屋子裡空無一人，只有幾張板凳，磨石子地髒兮兮的，女人出聲喊了兩次，便直接走進去，從客廳到後面的廚房，沒見到廁所。她隨即退出並前往第二棟房子。第二棟房子有一扇一模一樣的紗門，她一面用力拍門一邊叫喊，一個小孩子端著一碗豆花愣愣地看著她，她走進去像賊一樣緊張又低聲地問小孩：「弟弟好乖，爸爸媽媽在不在？」「……」「你家廁所在哪裡？帶姊姊去好不好？」小孩的嘴角下彎，抿嘴做欲哭之勢。「弟弟乖，便所，便所在哪裡？」女人四處張望之際，左手撥翻了小孩的豆花，震天的哭聲立刻響起。她落荒逃出。

「不是直直走，要到哪裡轉？」「不能轉」。男人不得不停下搬第三只紙箱的手，嚴肅地問阿婆，「這條路通不通基隆？」「無」「通哪？」「通海。」「直直走？」「不能直直走。」男人的汗水已經流過背脊濕透了大腿內側。阿婆說：「少年ㄟ，你不想把長褲脫下來？」男人正專心地想這路到底怎麼走才到海邊，便隨手脫下了長褲。第三個紙箱裝的是一堆破書，有佛經、四書、畫冊和聽都沒聽過的怪書。男人懶得走出去，就直接拿書墊腳，開始移動台灣啤酒上面的箱子。

這時女人正驚魂甫定地躲進第三棟房子。這次她不出聲就走進去，快速地繞一圈還是沒找到廁所，這才想到這種蓋的一樣的透天厝格式都有共同的設計，廁所鐵定是在二樓。她猶豫了一會要不要走上樓去，但是她不慣與住這種房子的人打交道，最終還是放棄的走出來。

男人的第四紙箱子裡裝的是照片，他正想隨便擺個地方就打開台灣啤酒的箱子，阿婆卻不肯放過他。「第一張是我ㄟ老ㄟ，伊行船，久故沒轉來」「那張是四十三年前提親時照的……」男人隨著阿婆的記憶逐漸進入昏睡狀態。

女人在兩棟房子的間隙一個沒門沒掩的地方解決了她的膀胱問題，為了避開那尊恐怖的神像，她沒循原來的路出去，彎彎拐拐經過了好幾個類似的透天厝圍成的院子，才走回馬路上。那輛銀灰色轎車停在路邊，引擎仍呼呼作響，女人快步跑過去，一屁股跳上車。天色已經暗下來，駕駛座上的男人連頭都沒轉，車子就往前加速奔馳。女人從皮包拿出她的磨指刀，開始磨她的左腳。車上的男人有一頭及肩的長髮，濃厚的酒氣隨著空調四溢。女人不快的說：「你喝酒了？」「不過是兩罐啤酒，不會醉的。」

男人醒來的時候，突然記起要拿的台灣啤酒，他打開最底層的紙箱，果然裝的是可樂。他立刻開罐喝了起來，汗水已乾的身體頓時舒暢極了。他把這箱可樂搬到前屋交給老太太，老太太說：「少年ㄟ，道謝你。你不可走去海邊，那是條死路。」「怎麼說？」「直直走就會到垃圾場」「然後ㄋ？」「然後你就要駛返頭，要不然你若硬穿過垃圾場就不能返頭，就要沿著牆走，最後就是斷頭的海。那是條以前沒有的路，很多酒醉的駛落海才走出來的。」

男人走出屋外時，幾盞路燈已經亮起，他的銀輝車體在夜色裡泛著清冷的光，空轉過久的引擎耗盡了電瓶的電，四下無人車，女人已不知去向。他拔出鑰匙，將後座「借停一下」遮陽板放到前座，那套皺巴巴的Armani已經留在阿婆的紙箱裡。沒有垃圾車奔馳的兩線道中央，男人裸露著上身，開始朝來時的方向奔跑起來。

（獲2004年第二十七屆時報文學獎小說評審獎）

候車亭

這雨已經下了很久了。幾天前我到達這個城的時候它就是這麼下著，沒有更大也沒有變小。客運司機是一個留著落腮鬍的壯年男子，身材維持的不錯，沒有洋人的啤酒肚，皮膚也不是純粹的白種人，但一看就知道是白人，沒有黑色或黃色的成分。一路上他都跟前排座位的一位肢體殘障者交談，那位殘障者的左臉及唇顎部分好像被嚴重燒傷過，所以說起話來發音非常不清楚，我坐在他左後方三排的位置，雖然聲音很大，想聽懂卻非常困難，但無論如何這個人顯然非常健談，即使客運駕駛有許多次並沒有回答他的問題，他仍然可以把談話繼續下去。從HOBART到LAUNCESTON的公路車程約三小時，扣掉我四十分鐘的昏睡，這位肢障者足足說了一百四十分鐘。不過更令我驚異地是這位有著燒灼面孔的男人出奇的年輕，被火皺硬成深褐色的臉部線條上端，一雙湛藍的眼睛始終帶著笑意，和他彎曲下垂的嘴角拼合成一種無可奈何的感覺。也許這樣無邪的眼睛就是駕駛肯和他繼續交談的原因，但這卻使我無法分辨他的種族。

雨並不是從HOBART開始下的，這點我非常確定，在進入LAUNCESTON地界以前，陽光還透過玻璃直直刺進眼睛，天空沒有一片雲，也沒有大風，我從車窗看出去，道路兩邊的植物都像沙漠蜃樓冒著氤氳的熱氣。然後突然車窗就被雨水給封住了，就如同有人從正面用黑色塑膠袋把你的頭罩住一樣，我甚至來不及喘息或發出一聲尖叫，胸口就整個窒悶了起來。但是就在我心跳呼吸恢復正常且大大吐出一口氣的時候，客運車駕駛便告訴我們終站已到，引擎才熄火，他隨即就跳下車從咖啡色的旋轉門消失。那時雨也像這樣下著，雖然還不到瀑布傾洩的程度，但始終不是飄飄黏黏總也不濕的細雨。肢障者晚我一步下車，他萎縮的右手靈活地調動一條彈性繃帶，很像高空彈跳繫的那種繩子，把扭曲的左腳像操偶一樣的提起，然後彷彿知道我在看似的，他用左腳腳掌做了一個頷首的姿勢，便快速的離開車體。這男人身上有一個小帆布包斜掛在左肩上，一下車，一跳一跳地毫不猶豫地也走進咖啡色的旋轉門裡。除了空無一人的大客車，這個有著加油站般廊簷的兩尺見方，便只剩下我，以及讓人什麼也看不清的雨。

一開始我是站在計程車候車處等待的，這裡沒有任何招牌或文字足以確定是計程車候車處，不過根據經驗研判這介於快車道與客運總站建築間的半月形安全島，大多是出站旅客的候車處，就和加油站分隔的車道一樣，這個區塊有濃厚的轉接意味，可以讓旅客輕易的分別出等待和離開的安全地帶。一般情形下這類計程車候車處的地上會有白色油漆畫成的小客車形狀，但是雨大的很，我沒辦法探頭看清楚地下，更何況我也沒有傘。

對了，就是這個，沒有傘，在雨這樣下的地方我竟然沒有一把傘。原本這也沒有什麼，這幾十年飛過許多城市，行李箱裡從來沒有一把傘，也從來沒有任何一件事或物讓我想起傘這個東西。可事實上，我去過的每一個城市都有雨，INNSBRUCK那次還在阿爾卑斯山遇上大雨冰雹，只當時我也沒想起需要一把傘。不知道為什麼雨和傘就像電車和方塊酥一樣，沒有引發聯想的可能。站在半月形安全島上等計程車，是一個很有趣的經驗，因為前後都被雨給隔斷了，所以視線只好不斷向狹長的左右移轉，無法靜置凝視前方又不願不斷轉身時，便只好低頭看著自己的腳。那天我穿的是一雙墨綠色的休閒鞋，深灰色絨布休閒褲，腰際特別打了縐折，半月形上開口袋兩個。左腳邊上放著我的旅行箱，不是一般商務人士的手提箱，也不是背囊客的帆布包，我的旅行箱有一個黑色的拉桿，手提大小的咖啡色小牛皮製成，裡面就幾件換洗的衣服，牙刷毛巾之類。

我一直很喜歡這個旅行箱，就尺寸來說是小了些，不過它不像我原來用的那個黑色的大型旅行箱，每次都要在登機前麻煩的秤重托運，下機後還得緊張地從一大堆黑的旅行箱裡把它找出來。最重要的是這個小巧軟皮的拉桿旅行箱可以和我搭乘任何交通工具，而且讓我少帶了許多東西。當然，另外一個不在料想的收穫則是在使用它之後出現的，那就是提著這個旅行箱，沒有人能弄清楚我是一個為工作奔波的商務代表還是一個刻苦或優渥的旅人、是來尋訪些什麼還是為了拋棄些什麼、是一個短暫的過客還是一個自我流放的人？這使得我的旅行有一些樂趣。所以，即使每次我離開一個地方都會把箱中的一切丟棄卻還是會拉著空箱子回家，把它靜靜立在客廳那套嶄新的牛皮沙發後面。

下車後我也許等了許久，但也許沒有我想像的久，總之，我似乎聽到了不遠處傳來救護車的聲音，這世界雖然被上帝用語言分成無數的區塊，每個人都可以自顧自地呆坐在屬於自己的地方。但是救護車的聲音卻到哪裡都一樣，它不會理會你的房子有多麼寬厚的牆，即使沒有一扇窗，它也總是能肆無忌憚的闖進你的耳膜，讓你不自覺的開始緊張起來。不過這次也許是雨下的太大了，救護車的聲音一開始只像是一頭絕望的野獸遠遠斷續的哀嚎，彷彿正背對著這裡逐漸消失，然而就在我心緒逐漸適應而趨向平穩的時候，它又突然朝著我大聲嗚呼起來。這個刺耳的聲音雖然很快越過我看不見的前方消失，卻使我安心不少，畢竟這個地方還有車和人經過，我不至於和日本導演北野武電影中的菊次郎一樣在廢棄的公車牌下等幾個日夜。

雨水濺濕我大半褲管的時候，身後客運總站廊簷的日光燈倏地亮了起來，我這才想起時間。顯然，這灰濛濛的雨把天時都給混亂了。這時咖啡色旋轉門有了動靜，一種金屬觸及水泥地的聲音雖然不比雨聲來的大，卻還是能讓人清楚地聽見它規律研磨地面的姿態。突然像是有所期待的似的，我意識到有另一個人一直在我沒有進去的旋轉門裡也許等待著看顧著陪伴著或監視著取笑著我，車還不來這件事變的無足輕重，至少有人跟我同時滯留在這個地方，在相同境遇裡沒有選擇，因而將我帶離了被無邊際的等待而質疑等待的意志和可能。

我專注地等待著他，仔細分辨尖銳的金屬以一又二分之一的拍子觸地，而且在每一次敲擊結束前那個粗糙的摩擦音，總讓我以為他要停下或轉移方向。我神經緊繃，直到一個彷彿重物摔落地面的聲音出現，這才暫時脫離耳朵的牢籠大大的鬆了一口氣。那個人就在廊簷邊的木椅坐下，而我則站在一個車道之隔的這邊，雖然同屬候車亭的領地，但他顯然佔據了比較優越的位置。我有些懊惱，質問自己為什麼一開始就急急忙忙地來到這個狹窄的安全島，而錯失了那樣一個空曠無雨的位子。而且這樣的距離顯然是無法交談的，甚至想接觸他的眼神也不可能，更何況還有雨，尤其令人沮喪的是從他舒攤成大字的坐姿，我也不能期待他會走過來或看我一眼。於是我決定暫時留下我的行李箱衝過雨簾來到他身旁坐下。像許多無聊的搭訕一樣，故做氣定神閒開始自語：

「這雨好大，不知道什麼時候會停？」

「應該不會停吧！天色還是黑的。」男人經驗老道的說。

「出來旅行？」

「算是。」

「住哪？」

男人舉起左手朝雨中指一指：「雨停了就看的到。」

我盯著他手指的方向，除了從屋頂上飛濺下來的雨，後面什麼也沒有。在移回眼光的同時，我順便斜瞥了一眼獨自呆在安全島上的行李箱。男人蜷曲的右手從帆布包裡取出一根菸，閑閑咬含在右邊的嘴角，左手把打火機遞給我，不一會兒一個個煙圈就冒了出來。

「你呢？也是旅行！」

「算是。」

「第一次來？」

「嗯。」

「為什麼？」男人把左手架放在椅背上，毫不在乎地說。

「什麼為什麼？」

「為什麼來這裡？」

為什麼來這裡確實是一個非常普遍的好問題，可我還是被嚇了一跳。記得剛開始旅行的時候，親朋好友總會多多少少在花費和時間這類問題之後，提到為什麼選擇這裡或那裡去旅行。本來我還會認真的思考一些大家可以接受的理由，不過漸漸的我發現所謂價格、時間、人文風土都不是我前往的原因，事實上我幾乎是隨機的選取目的地，有時候只是聽到路人閒談中的陌生地名，有時候是旅行社唯一訂的到機位的地方，總之，我從來沒想在旅行中獲得或滿足什麼樣的慾望，因此，我不知道自己是為什麼旅行，對於旅行所要去的地方也沒有想像。只是要旅行，從一個地方到一個地方，如此而以。

「我喜歡和人說話。」男人不怎麼理會我的沈默說。

「不過真要和人說話，並不需要到處旅行啊！」不知道為什麼，我覺得被他這句話激怒了。

「那是不一樣的。」男人饒有興味地彷彿細細咀嚼後才把話吐出來。「好比有一次我到印度去，新德里車站擠滿了會用英文出價的車伕，雖然旅客有各種膚色，但是即使是一個外國人也可以輕易地辨認哪些是外國人。那不只是因為膚色和語言，而是表情。你一下車就會和所有的旅人一樣，臉上因為沒有說話的對象而寫著對說話的渴望與疲倦。所以這些本地車伕從來不會誤判你的需要，無論你去過幾次，對新德里的環境有多熟，這種情況也不會改變。不過如果你對印度語非常嫻熟，狀況就會不太一樣。」「為什麼？難道只是語言隔閡才造就了旅行的樂趣？」「不，我說的是想說和能說改變了旅行的內涵。你真的不想把你的旅行箱拉過來嗎？」

要不是他提起，我剛剛幾乎已經完全忘記前一秒還惦念的安全島上的我的旅行箱，雨大的驚人，我不得不猜想到它已經完全被水濺濕了，裡面三套換洗的內衣褲和兩件襯衫大概也無法倖免。但並不是因為它們已經濕了，我才猶豫著要不要將它帶過來。也許就像我當時沒有一起把它帶過來一樣，我對它的喜歡和依賴好像被這場雨變成了負擔和冒險。所以我說：「如果現在跑過去把它拉過來，我就會再度被雨淋濕，更何況裡面也沒有重要的東西」（沒有人偷）。

「為什麼要把它留在那兒？」

又是個為什麼的問題，「因為我見到你就過來了。」「No，應該說你一開始把它留在那兒是因為不知道我們能在一起多久，也許比計程車來的時候短些或我們無法交談，那麼行李箱會是一個離開的好理由。而且就算我們的交談沒有障礙，行李箱還是保留了你在那裡的位置，在車來的時候你彷彿可以擁有優先離開的權利。」男人沒有一絲挑釁地說著，可我的不快卻快速的累積又壓抑著。

「你也在等車嗎？」「嗯。」「這裡的計程車向來都這麼少？」「是啊！而且現在是假日。」「有電話叫車的服務嗎？」「有」「你知不知道號碼？」男人用手指了咖啡色旋轉門旁的公用電話。我隨即跑過去撥了號碼。接電話的是一位口齒不清的老先生，「EXCUSE ME. Could you tell me where you are ?」也許大雨干擾了線路，無論我大聲的重複幾次，對方總是說著「SORRY. Could you repeat?」也許是我們都說累了，對方掛掉了電話，我重新回到男人的身邊。在我離開的這個短暫的時間裡，男人似乎沒有停止過他的喃喃自語：「最有趣的是到日本那次，我遇到一對度蜜月的夫妻，男的一身休閒，但看起來不是西方人那種普通的T恤牛仔褲，他梳著油頭，女的一襲鵝黃色洋裝，尖頭細跟高跟鞋，挽著一個名牌包包，有兩個C的那種，還拿著一把花邊陽傘。我們是在從東京往北海道的火車上遇見。男人的英文比我的日文好一些，我算是完全不懂日文，所以不管對方問什麼？我就用我自己猜想的回答。太太始終很緊張微笑地看著我，有時候把頭轉向窗外，深怕我突然和她講話似的。我不斷的說，把我小時候和鄰居打架的事，從頭到尾說了一遍，而且是連那些人的長相名字怪癖一個沒漏的說給這對夫妻聽，整整講了兩個多小時。」「你確定他們聽的懂嗎？」

「確定他們聽不懂」「那為什麼……」「他們很專心。而且我很喜歡那種因為不理解而專注的壓抑和困窘。」

我開始想詳細地打量這個男人，他的臉孔和我第一次見他的時候沒有什麼不同，但也許是因為現在靠的很近，就不覺得他的話不夠清晰。當然雨聲也幫了大忙，被大自然無法掌握的規律轟久的耳膜，對於人聲變的更敏銳起來。不知道為什麼，原來焦灼地企望車來雨停的心情被身旁這個男人給平復了。坐在這裡看著雨沒完沒了的下，我開始慶幸自己不是那個旅行箱，但是對於安排好的行程被延誤還是有些遺憾。

男人從帆布包裡掏出一個三明治給我，然後自己又拿出一個大口地嚼。口腔開合時燒灼過的臉部線條就更為明顯。「我有一次在中國的沙漠遇見一個洋女人，就像常見的那種單身女人旅行，她穿著一件露背的紅背心和牛仔短褲，和我一樣不懂中文，而且她連英文也不會說。雖然我也不會說法文，卻一路上和她聊個不停，很多時候我們都不注視對方，只是不斷講自己想講的話，當然有些時候彼此的姿勢動作還是清楚地表達了話語的內容，所以連著十天我都和她睡覺，一點都沒有失望的感覺。」「分離的時候也沒有嗎？」「沒有，我們很開心，也不留地址電話之類。」「你愛她嗎？」男人哈哈大笑，笑的眼淚都流出來了。「當然愛她，這是很清楚的。你真是個怪人。」也許吧！我真的是個怪人，在我所工作的那個都市，有很多和我一樣的人，但我還是不被他們喜歡，也不確定自己是否喜歡他們。當然，我知道他們並不討厭我。而女人，可以上床睡覺的女人人人都可以找到幾個，標準再高一點，想要找個能說話的女人也不困難，只要不是個啞巴或聾子，手機一撥，無遠弗屆，聊天室裡各種女人隨你挑，想講多久就講多久。我和女人說話上床都和別人沒有兩樣，但是卻常常感到失望，不是因為對方的長相或表現，我就是會失望，就像客廳裡的那套牛皮沙發，它們被送來的時候就讓我覺得非常非常失望。

「你打算在這裡待多久？」我不想被女人話題困擾下去的說。「車來的時候就走。」「我說的是你打算在這個城待多久？」「就是車來的時候。」「車如果不來呢？」「就留下來」「雨如果不停呢？」「就看雨」「飯店機位這些預訂的東西怎麼辦？」「有別人會去用，其實我不預訂這些東西，到的時候有空位我未必想坐。沒空位也未必不能等。沒什麼差別。」「所以你不趕時間，不必回去工作嗎？」「要工作啊！得賺錢才有旅費。」「你這根本就是說謊，既然要工作，哪能這樣？」「你為什麼生氣呢？」男人帶著驚訝的表情看著我說。「我不該生氣嗎？你總是一副什麼都無所謂的樣子。什麼旅行只是為了和人說話，全是狗屁，旅行就是不想待在一個地方，你懂得的，就是不想，不想讓人見到你自己的臉你的缺陷還有…還有那組沙發。」我大概是氣瘋了，才會毫無同情心的攻擊他那張燒灼的臉孔，不過剛說完我就後悔了。不是因為良心上的自責，而是常年的生存競爭讓我清楚一件事，那就是憤怒提供了別人攻擊你的弱點。果然「沙發？你不喜歡家裡的沙發？所以你來這裡！」男人緩緩地說著，似乎一點也不受我的挑釁影響。但是在說完那些話之後，我彷彿失去了力氣也不想爭辯，是的，我一點也不喜歡這裡，我也不喜歡我所去過的任何地方，我討厭和人交談，討厭別人打擾我旅途的清靜，討厭別人告訴我這裡有什麼好看好玩，討厭人家跟我說他的過去，討厭這不知道要下多久的雨。我尤其討厭身邊的這個男人那個不起眼的帆布包竟然裝著食物，而我的旅行箱裡只有濕透的衣服。

「我是為了不和人說話才旅行。」我終於還是找到了可以回擊男人的話。「那你應該待在家裡。」男人清澈的眼睛看著我，不是憐憫也沒有輕蔑。我開始不由自主地啜泣起來，這場雨讓我陷入絕望，我好想離開這個地方這個男人，但是又非常害怕離開他，明明受夠了這一點都沒有變的雨，卻又擔心計程車突然如前所願地冒出來。「這個城很小，慢慢的走，三小時也能逛完。你別擔心。」男人以為我是因為旅遊計畫被破壞而哭，他不知道我從來就沒有計畫，除了吃住一切都是隨機發生，就是如此我才覺得更可悲。雨水把車道完全淹沒了，現在我就算想要回到旅行箱那裡也沒有可能了。那我究竟能做些什麼呢？那家據說有百年歷史的旅館必然會將我的名字從登記簿上刪除，我喪失了一個機會，一個孤獨睡在房間裡思索的機會，也許那張有著古老皇族體味的床，可以帶領我品味另外一種生活——被動式的生活。而我卻已經喪失了這樣的機會。

「如果這個世界只剩下雨聲，你最想聽到的聲音是什麼呢？」男人顯然永遠不肯給我安靜的說。就像愛麗絲被自己的眼淚淹沒一樣，我的淚水並沒有足夠的量來逃避這個問題，不過昏暗的光線卻給了我一點喘息的機會。「我記得一個女人的聲音，那真是我此生聽過最美好的聲音。那是在紐約的soho，一個充斥著差異矛盾的地方，奇異的色彩圖形和奇裝異服多的讓你失去分辨的可能，你走在那裡幾乎看不到一面正常概念中的牆。那一年是我二十歲生日，我哥哥送我一個月的美洲行火車票，沒有臥舖餐車的最陽春的火車票，隨我要在哪裡下車。我從西岸開始沿著加州的海岸線到南美然後回到美國，最後才到達紐約。這原是個我最不願意到的城市，等一下我會告訴你原因，但是我不得不來，所以就在火車票到期的最後兩天，我來到紐約，從地鐵裡隨便找了一個出口就出來了。你知道紐約的地鐵不但黑暗危險而且擁擠不堪，不像維也納的地鐵雖然不明亮但是透著古老的氣味。

我走進soho不完全是亂闖亂撞的結果，因為在地鐵上隔著一群人有幾個女生說話的聲音，整個車廂裡只有她們吱吱喳喳說個不停，你知道我對說話向來特別感興趣，但是人太多了，我看不見這群不斷說話的女生，於是只能仔細聽他們說話的內容。」男人的眼睛開始煥發著奇特的神采，在密密不歇的黑暗雨幕之後，他彷彿見到了二十歲的自己如何凝視著一群說話的女子。我害怕這樣的神情，對於未知前方過多的憧憬，那種勇氣讓人卻步。男人卻渾然不覺的說：

我應該是跟著這群聲音下車的，但是下車之後車站就很嘈雜。很奇怪吧！在車廂裡每個人都那麼沈默，好像誰也不需要和人說話，誰也沒有需要和渴求，那麼平靜地翻著報紙或看著窗外黑壓壓的隧道以及玻璃上的影子，整個車廂像一個被猝不及防的災難給凝凍的展示櫥窗。可是到站的門一開，車廂卻立刻成了戰場，各種鞋子敲擊碰撞的聲音，手機鈴聲，轟隆的話語幾乎要震碎耳膜，那時候我真的震懾於人的能量，在一段短暫時空的隔絕之後噴發出來的巨大恐懼。因為離開了車廂，我追尋那群說話女生的聲音變的極為困難，也許是因為我在傾聽他們的時候專注的是談話的內容，所以一旦有別的女人的聲音混入，我就失去了判斷。

等我一邊辨識一邊努力從十幾個擋路的男人身邊閃躲而出的時候，前面已經沒有任何人，那群女生的聲音也完全不見了。眼前是一個沒有人進出的出口，我只好從這裡走出去。

「然後就到了蘇活區？」我開始有點好奇。「那時候還不是，只是很平常的辦公大樓，直到我轉進幾條狹窄古老的磚石街，有幾處還舖著玻璃和鐵片，看到那些塗著莫名色彩和圖案的牆面，才猜測到我也許進了soho。」「也就是說你到現在也還不確定那裡是不是蘇活區？」「是的，但是我喜歡當它是south of huston。」我想，他應該不知道「蘇活」在漢字裡的意義，否則一定會帶給他更多不切實際的想像。

「於是你就見到了那個聲音特別的女人？」

男人不理會我跳格的問題，點起第二隻煙，慢條斯理的說：

「我站在一面完全用黑色油漆塗成的牆面前，在那個把牆當成畫布的地方，這面牆大概是最接近我們所以為的牆的樣子和功能。但即使如此，它的頂端還是被用黃藍色塗寫了一排像字的線條。為了看清楚它寫了什麼，我幾乎用盡了各種方法，包括侵入那些不知通往何處的階梯，然而就在我幾乎失去那面牆的時候，突然有一個男人大吼的聲音從頂樓傳出來，那個聲音迴響在好幾個樓梯之間，每一句話裡都不斷重複出現著：『你應該知道的…我不需要解釋……你聽我說……就這樣……你要怎樣…』這些片段的字。大概有半個小時之久，這個男人的聲音就像拿著擴音機獨白似的弄得我的耳朵嗡嗡作響，即使語氣逐漸由強硬而變得像是懇求。由於無論我如何專注都無法突破男人聲音所形成的阻隔，這反而更大大引起了我的興趣。」「是在爭吵嗎？」「一開始我也這麼想，但是愈聽愈覺得不是。」「聽不出他們是什麼關係嗎？」「聽不出來。雖然我很用心的想弄清楚，但是只憑單方的話語內容很難確定其中的意思。」「會不會你只是遇到了一個演員在背台詞？」「不是」「何以見得？」「因為就在我要放棄且重新尋找那面牆的頂端時，我終於聽見了一個女人的聲音。那聲音非常微弱，但是優美，一種無法形容的，像冬天裡窩在乾淨棉花堆裡的感覺，在男人話語的喘息處那聲音就出現了，如同鋼琴間奏地把男人的話轉變成與我之前揣想完全不同的意思。」「她說什麼？」「這女人一直說的是here……I……here……I……」是我在這裡嗎？還是我與誰在這裡？又或者是這裡和我一點關係也沒有？我在這裡就意味著我不在那裡，我們（我竟然開始用我們這個詞）同樣坐在這一邊遙望著被雨隔開的行李箱，但那卻是我一個人的行李箱，與你一點關係都沒有。我們交談，因為我在這裡，所以我們可以各自望著黑暗的前方，而不必相互凝視。這場雨欺騙了所有的人，明明只是Here and I卻讓我以為是Here and we，誰都知道兩個小寫字母的we也許人多勢眾，但是少了大寫的I還有什麼意思呢？所以我此刻必須丟棄我的旅行箱，在無邊際的大雨裡它也許是我唯一的依靠，如今只能任其沈沈浮浮於不知深淺的汪洋。而我身旁這個怪異又萍水相逢的人有什麼能耐帶我離開這裡呢？如果雨不停，他與我有什麼不同？難道只因為他的帆布包還安穩地放在他自己的膝上，裡面可能有我想要的東西？無論如何，這都讓我羨慕不已。

「你記得自己愛過的女人嗎？」男人說。「當然記得」我彷彿突然從睡眠中被驚醒的回答。「你記得她們什麼呢？」「都記得。」「喔！那你真的很幸運。你知道嗎！在聽見這個聲音以前，我所愛過的女人留給我的記憶都是殘缺片段地圍繞著一些說不清的東西，好比習慣氣味脾氣之類。……我第一個女人是十七歲的時候校車上高我一屆的女生，嚴格說起來我應該從來沒記得過她的髮型和長相。一開始我以為是因為她老是變換頭髮的顏色和樣子，後來才知道不是。雖然她臉上總是化著各種妝，是一位充滿新奇的女生，我還是弄不清楚她的長相。交往期間，我多半是從別人的描述裡知道她今天穿的衣服髮型。我想她也搞不清楚我的樣子，我們一起搭車，而且就像加菲貓裡那個可憐的老姜一樣，她的生活作息把我的腦子佔的滿滿的，兩個一天到晚黏在一起的人卻從來搞不清楚對方在想什麼。這種狂熱持續了半年，突然之間我們就像是商量好似的分手，彼此都沒有追問理由，彷彿這世上本來就沒有對方存在過。但是直到今天我還是認為自己真的愛她，雖然以後每次傷心的時候想起的就只是自己當時的樣子，可是那種鮮明的愛即使毫無內容，還是把一些讓人弄不清楚的東西留了下來。」

坐在這樣一個岌岌可危的陌生地點，和一個滔滔不絕的也許具有危險性的陌生男子身旁，我忽然很想仔細看看我的旅行箱。於是，幾乎是反射動作的，我站起身走向車道的邊緣，看到我的旅行箱半沈浮於水面，偶爾推碰著候車亭的柱子，它毫不介意也對我沒有依戀，一種深沈的孤獨感便無可救藥的襲來。為什麼被丟棄的會是我呢？這裡已經沒有任何車聲，時間真的很晚了。此時除了重回堅硬的木椅，我沒有選擇。

男人似乎沒有意識到我的離開和回來，只是繼續地說：

「接下來幾年我換女友的速度驚人，並不是喜新厭舊，而是一種說不出的渴望。有一個新搬來的鄰居女孩只有十三歲，我記得她走路的時候，不知道是無聊還是喜歡，她總是不經意地用自己右手的食指和拇指搓揉自己的耳朵，從耳垂一點一點的往上揉，然後再很嫵媚地從耳尖往下揉。因為要揉耳朵，所以她走路時總傾著頭。我們逐漸熟悉後，我發現她無論是一個人還是跟一群人在一起，都會出現這樣的動作，只有和我單獨約會時這個動作就不會出現。為此我極為苦惱而不得不和她分手。分手後直到她搬走的幾年裡，我都站在窗簾後一天一天注視她走過時揉耳朵的姿態。……其實我很愛她，但是當我們在一起的時候，有些東西就消失了。我想我不太能忍受別人的專注。」「所以，你現在怎麼看待女孩揉耳朵的姿勢呢？是自得其樂還是無可無不可？」「也許都有吧！當我們不是非常快樂的時候，就不太希望看到別人的笑容，而且喜歡自己要的比別人多一點。但其實當時我還跟一個三十八歲的妓女交往。不像一般人對她職業的聯想，我們在一起的時候總是面對面靠著飯桌而坐，她很少說話，只是不斷吸煙點菸，而且每支煙都只抽了一半就捻熄。她捻菸的時候用拇指死命的按，在最接近煙頭的地方。我每次總是一邊說著話一邊緊張地看著她就要被燙到的拇指。後來有一天她提著行李到我住的地方跟我要了二十塊美金，然後跟我做愛。那天她沒有抽煙，但是身上混雜各種品牌菸草的味道卻啟發了我的嗅覺。也許在我所有愛過的女人裡，她會是最常出現的，只要有人或是我點起了煙。」

我的女人們則都很安靜，無論有如何不同的相貌身材和個性，她們總能很快地進入我的生活，自由自在旁若無人的出入我的臥室用我的浴缸穿我的衣服。冰箱裡永遠冰著她們的面膜、水果醋、生菜優酪乳。這些我一點都不在意，因為是我讓她們進來的。但是，每當我看到她們可以如此輕易地在客廳沙發上找到一個位置，自如而完整地修著她們的指甲，用手指隨意地轉換電視頻道，而且並不抬眼看我的和我的傢俱融為一體，就會使我忌妒。我記得每一個女人的長相喜好個性甚至連最細微的動作也不會放過，那使我可以在直接把她們帶到臥室的時候，不開燈就迅速強悍地進入她們的身體，絕不犯錯地讓她們進入高潮，就像是一個觀賞著鬥牛的鬥牛士，利劍刺入牛頸噴發的溫熱鮮血雖然沾滿了衣服，心裡卻是涼的。然後當我把頭深深貼擠入她們繃緊的乳溝，用舌頭咬噬著沒有乳汁的乳頭，隨著一聲聲瀕死的吶喊，最後的儀式便完成了。我總能深刻記憶那一刻的絕望和欣喜，這世界失去了聲音形體，一切如此空洞深邃，連測知自己的呼吸也不必要。只有那時，我會意識到我老舊的床如此沈默，永遠和我的女人一點關係也沒有。

「也就是在那個時候我決定四處旅行，每種體味混雜了他們生活的內容。無論男女，使用的洗衣精、抽煙的品牌、接觸的物品全無遺漏的留在身上。我聞著他們有時矛盾有時平淡有時濃郁的體味，彷彿坐在不同的房間看電影，熱熱鬧鬧又不互相干擾。如果不曾遇見那個女人的聲音，我想，我的旅行就會不斷在餐廳車廂道路上渡過。」「有時候我會問我自己為什麼要旅行？」我說：「後來我才知道是為了換不同的床。」「你家裡的那張床不好嗎？」男人淡淡的說。「它挺好，但是擁擠了一點。」「那個女人的聲音把我整個人抓住了。幾年前我曾看過一部電影，導演用三十二個片段來描述一位音樂家的一生。其中有一幕音樂家駕著車在滂沱的大雨裡，突然聽見收音機播報自己的死訊，然後音樂家停下車，急急地找到一個公用電話撥給他的好友，然後將話筒對著車上收音機正在撥放著的他自己最後錄製的彈奏。『你聽見了嗎？』當音樂家一再對著話筒重複這句話時，我的淚就止不住的一直流。但是直到多年後聽見那個女人的聲音，我才真正放聲大哭，真正瞭解那一幕令人動容的原因。」「我旅行的時候，常常在車上睡覺，有時就坐在任何可以坐下的地方睡覺。因為很疲累，雖然明明已經把旅行箱放在旅館裡，我總是覺得疲倦。旅程很長，景點很少，常常照著地圖走到一個地方，卻只待上十分鐘，我尤其不能忍受遇到旅行團，他們到處拍照說話吃東西，我得為了閃躲他們的鏡頭而奔跑。所以我不斷的睡覺，直到回到旅店的那張床上，睜著眼仔細看著熄燈的房間，確定那張床上除了我沒有別人，然後我才開始說話。」「你都說些什麼？」男人點第三隻煙時說，從他自語的回憶接上了我的床。「我說我今天看到的某些人，他們說的話，他們之間的關係以及我對他們的看法。」「然後呢？」「我就開始明天的旅程。」「你真是一個有趣的人，只是你自己不知道。」

在我與男人對話的過程中，男人的眼睛始終不曾離開前方的雨幕，他扭曲的面孔像嶙峋的石壁，眼神卻非常溫柔。談話中，我累積的憤滿老是被他無章法無間斷的敘述給隔離，他的英語發音原本使我疲累，但是我的眼睛不時地游移於旅行箱與男人的側臉之間，遂逐漸明白這個男人並不是為了要告訴我什麼。候車亭裡我們的話語在雨聲的伴奏下顯的奇異而淒涼，微弱的白色日光燈稍稍隱藏了雨水氾濫的程度。旅行箱隨著我茫忽的意識飄遠，可是男人卻從沒流露出想探查自己的鞋子是否已經泡在水中的意念。雨下的太久，讓我失去想像它停止的可能，也許不久之後我就會被洪水淹沒，跟我的旅行箱一樣四處漂浮。但是奇怪的是我此刻並不擔心，雖然沒有任何準備，我彷彿相信只要這個男人還安然的坐在這裡，雨水就不會打濕我的腳。

然而就在我這樣想的時候，男人捻熄了第三隻煙，站起身一跳一跳地走進了咖啡色旋轉門。他的帆布包仍留在我身旁的木椅上。白綠條紋的袋子雖然少了兩個三明治卻還是鼓鼓的。我用手觸壓它，發現其中有一隻像是棍棒的長形堅硬物品。它吸引了我的注意，於是我毫無疑慮地把手伸進去，拿出一看，竟是一把黑色的雨傘。

這支雨傘完好嶄新的就像不曾使用過，堅硬的木頭傘柄上刻著一顆水滴。我解開傘釦，它整齊的折痕緩緩散開，用力一撐，便完美地把我整個覆蓋在傘下。

一隻堅固的雨傘足以使我走入雨中，跨越淹水的車道尋找我的旅行箱，然後撐著它我可以找到我的旅店。但是它偏偏不是我的，它屬於一位不打算走入雨中的人，而且它出現的太遲，我現在不只需要一把傘，我還需要一艘船，才能找到我的旅行箱，並且到達我的旅館。也就是說我雖然如此需要它，它卻一點用也沒有。我收起傘葉卻沒有打算把它放回布包裡，雖然如今我已無法用它而且取走別人不需要的東西並不違反道德，卻仍想把它握在手上。我想等男人出來，跟他談一談關於這把傘的事。

咖啡色旋轉門後持續沈默著，男人曾經從那裡進出一次，我便天真的以為他會再從那裡出來。雖然我那失去辨識白天黑夜的手錶盡忠職守地指著應該接近黎明的時間，但是此刻四周卻幽暗異常，那使我幾乎不願將眼光離開那扇咖啡色的旋轉門。

旋轉門軸心分割成的三個空間總有一個半對著我，一個半隱藏在我所能見的背後。有幾次我以為那門開始旋轉起來，期待很快會有一些誰都不知道或可意想的東西從裡面被拋擲出來。但是它只是輕輕顫動一下，便又如同沒有雋刻文字的墓碑靜立在一片汪洋嘈雜的雨聲之中。我盯著這扇把我獨自留在候車亭的門，意識逐漸模糊擴張成陰影，一個女人站在門後自顧自的擺弄也許是長髮或絲巾一類的東西，她消瘦的肩骨稜線下，垂掛兩個豐碩的球體，重量導致她背脊嚴重蜷曲向前，卻維持著不傾倒的巧妙平衡。她不可見的面孔顯然不是我所見過的任何女人，但是卻如源源不絕的熱流強烈地引發我的慾念。我伸出雙手扶觸纍墜球體的同時，身體也整個包覆壓垂在她刀削的背部，這時我清楚地感受到自己逐漸無力支撐的雙手與對她的慾念強烈糾纏潮起舞動，直到一聲又一聲高昂的呻吟——我——啊——突然旋轉門真的轉動起來。

留著落腮鬍的壯年客運車駕駛走了出來，他快步來到我面前且毫不猶豫地取走了我手中那把傘，隨即頭也不回的奔入滂沱的雨中。我的手心還留著對那把傘的溫熱，卻真的什麼也沒有了。男人一定還在旋轉門裡，所有走進去的必然會再走出來。我雖然如此真切渴望意欲著門後的東西：也許是一個人、一張床或幾張舒適的椅子，卻一點也不想進去。那個沒有光沒有一杯熱咖啡或普通劣質的酒味透出來的地方，也許可以弄乾我的鞋子，卻沒能讓我斷絕對計程車的期待。更何況我不想捨棄這候車亭裡蒼白的燈光和不斷被風吹濺在身上的雨，因為我知道我一定會想念它們，如同我現在想念旋轉門裡的男人一樣。

如此專注地想念著男人，遂使我無法不去觸碰他留下的帆布包。布包鼓鼓的，在失去一把傘之後還是鼓鼓的。撫摸著它，我因此相信男人終究會回來取走這個帆布包，而且毫不擔心他追問那把傘的下落。在我們漫長的談話中，我不曾想探問他燒灼面孔蜷曲肢體背後的故事，也不理會他費心留下的旅程終點必須是紐約的線索。我不追想不懊悔，卻不知道為什麼，在我心裡如此肯定客運車駕駛永遠不會回來之後，還能坐在毫不妥協的木椅上篤定的等待著那個男人。也許只是為了確認他所指的雨中旅店，或是請他從這個帆布包裡遞給我一些我也許一直想要卻從不知道的東西。

這時半月形候車亭方向隱約傳來了計程車的喇叭聲，一個蒼老的聲音口齒不清斷斷續續地說著不知道是哪一國的語言。我看著雨水漫過客運車的車頂，右手仍緊緊抓住那個完好如初乾燥堅固的帆布包。我猶豫著是否要回應那個我聽不懂的聲音？還是叫喚旋轉門裡不知去向的男人？

那一天，在這個據說有著各式教堂尖頂凌駕一切建築高度的城的邊緣，不斷被木椅壓迫大腿腿骨而逐漸失去感覺的我才張開嘴，雨水就整個灌進了我的喉嚨。

（獲2005年聯合文學小說新人獎）

我家門前有小河

老田從他的仿古沙發醒來的時候，客廳裡的立燈已經被老婆捻熄了。電視倒還開著，新聞台二十四小時輪流播著新聞。他剛來這個國家的時候，甭說華語電視了，連中國菜館都沒有一家。那時候超市裡完全找不到中國菜的佐料，有的只是冰的白白、肚子空空的雞屍和套上保鮮膜躺在保麗龍棺材裡的豬肉。他瞧不起洋人，他常說洋人只懂得喝奶，所以連吃都不會。但是現在不一樣了，你看這裡不但有口味道地的中國菜館，而且整條路就有四五家專賣中國醃菜佐料和食材的店。他最得意的是電視裡正在播放的台灣新聞。前年有一個港仔看上這個華僑聚居的區域，決定引進香港和台灣電視台節目，雖然通共只有五個頻道，但這對老田來說不啻是義和團大敗洋槍洋泡。

去年他大病了一場後腳就不太行，所以不怎麼出門，除非幾個老僑約上了，由其中最年輕的開車一個一個接，常常到某人家的時候就已經晌午了，才喝盅茶打個三圈麻將，就又得一個一個的送回家。所以他現在是家裡唯一一個全天在家的人，兒子女兒上班，媳婦帶孫子上學，老伴一三五要去跳舞，二四要去唱歌，忙得火。老田揉揉他發麻的腿，新聞台正在播國民黨黨主席的王馬之爭，這一整個月都是這件事，老田關心，前幾年連宋總統對決的時候他還要唯一留著台灣護照的老婆回去投票把老宋幹掉，後來連宋配的時候，他又叫老婆回去支持了老宋，現在他當然覺得馬好，老宋和老連要是出來攪局，那就是混蛋透頂。

廚房的吧台上，老伴給他微波了一個包子，還泡了杯特地從台灣買回來的桂格麥粉。他把包子塞進嘴裡朝起居室的門走，地上躺著好多天沒人拾的報紙，是港仔辦的，專登些香港的消息，像特首的發言或哪個藝人的八卦以及佔了三個版的意外詐欺兇殺之類的社會新聞。老田到這個國家已經二十五年了，一句英文都不會講，他常勸那些到這兒拜訪他的晚輩一定要移民到這，理由是：「來教中文，薪水是台灣的三倍。」他最得意的是有好些個僑民是這樣被他招來的，要不然這裡怎麼會這麼熱鬧又這麼方便呢！

他拾起報紙拼一口勁把麥粉給喝乾了，洗衣間很安靜，媳婦還沒回來。他這又慢慢踱回沙發椅，新聞還在播馬王競選黨主席的事。老田一面用耳朵聽著，一面看港仔的報紙，報紙上有一大版刊查爾斯王子娶卡密拉的消息，他嚇了一跳，戴安娜不是才剛死嗎，怎麼說已經死了幾年，他再仔細一看，這結婚的事還是上個星期就舉辦了，總歸一句話洋人就是亂七八糟。

他突然想起老伴之前跟她說要跟胡僑領的太太去西部旅遊，是什麼時候呢？老伴說胡僑領的太太領了二三十個華僑太太，組了一個美藝會，專門學跳舞看畫展學英文吃飯打牌。這群女人就是家裡待不住，都幾歲了，還跟人家學啥跳舞英文。老田看了看鐘，是十點四十七分，今兒個天氣不知怎樣，他把客廳四壁瞅了一瞅，黑紅色的三層窗簾紋風不動地把落地窗蓋的緊緊實實，他就放了心。這窗簾還有個來歷，就他來這的第二年，家裡唯二會說英文的兒子女兒上班去了，家裡只剩他和老伴倆個。偏有個不識相的郵差來送掛號，大概是從落地窗見到了躲在沙發後面死也不肯開門的兩個人，就報了警。警察破門而入把他家翻了個天翻地覆，他和他老伴一句都聽不懂，想不透不開門跟郵差說英文犯了什麼法？後來還是把兒子從公司裡叫了回來，這才搞清楚兩個老人沒有被綁架和威脅。

老田立刻就找人把窗簾做上了，這樣無論是誰都沒法從外面見到這屋裡的一絲光一個影兒，他就不信，還會有哪個洋人逼他打交道。自從有了這窗簾，老田就不知道屋外的天氣，不光是晴雨，連前院幾株花是生是死長個什麼模樣都不知道，他的那些跟他一樣是英文啞巴的僑友也差不多，只有被從這黑穴裡接出去的時候，可以短暫地見識到屋外的天氣，不過他們都戴著墨鏡，忙著說以前的事，所以天氣就這麼老是烏烏暗暗的。

新聞台廣告的時間，老田轉到港片台。港片台正在播楚留香，片子太舊，鄭少秋的臉有一條一條的白線，他再轉，另一個港台播沈殿霞演的八婆片，然後他又轉回新聞台，還是廣告，他瞇著眼，不一會就又睡著了。

老田家最近有一件煩心的事，就是政府寄了封洋文來，女兒說政府認為他家用水量太大，如果不改善就要罰款。雖然女兒說會寫信跟政府申訴，不過老田心裡著實不太高興。他當年拿著大把的鈔票移民到南半球這兒，圖的就是對這個國家的信任，做事講理。怎麼連用水這件事現在也管上了。他家可是三代七口子人，不像對門那個洋婆子，到死了都沒人知道的孤鬼。七口子人當然用水就多，老田不是不知道自己的媳婦一天光小孩的衣服就要洗五次，老伴為了省錢也沒買洗碗機，就算這兩項用的多一些，政府讓他們移民來的時候，就應該把水量給算進去了，難不成要他們跟那些成天趴在樹上昏睡的無尾熊一樣晾著黑黑臭臭的屁股過日子，而且怎麼說都不該在二十五年後才來那麼一招。

老田走到了一棟房子前面，房子黑漆漆的，連個形狀都看不清。他娘從裡頭喚他，他即刻往裡跑，可才到門檻上，他就懷疑了起來，剛才那聲音真是娘的？怎麼有點不一樣呢？他手上提著剛從河裡汲來的水，愈覺得這屋子有古怪。這時候，他娘的聲音又從外面傳來，他一轉身，大街上亮晃晃的陽光，一排整整齊齊的刺刀把所有人的臉都給熱糊了。就這一閃神，娘的聲音就絕了。只他一個人怯生生站在屋門口，望著一張節約用水的通知。

客廳的電話這時鈴鈴響起來，又斷了。一會又響起來，這次持續了很長的時間，又斷了。老田已經二十年沒回台灣，前幾年倒是每年回大陸老家。老家的親戚只剩表堂輩的，沒一個是小時識過的。他覺得老家窮，可他愛回那去，讓人知道是從外國回去看他們，就特別覺得神氣。他初初抱著大把銀子到墨爾本的時候，是在附近一個白人社區，打從他一家子搬進去，沒半年白人就走光了，立馬成了黃種人的天下，直到一個印度阿三不識相的搬進來，黃種人也搬光了，他女兒說這叫種族地位，黃不如白，黑不如黃。所以他絕對不允許自己孫子貶低身分去和和黑溜溜的小孩玩。在這個洋人國裡他覺得最上臉的事，就是用華語罵洋人。有一次他帶著小孫子跟女兒去超市，停車場都停滿了，只剩下殘障車位。大家靈機一動，決定由他裝跛腳。把車停在殘障車位後，他跛了幾步，一進超市大門就忘了。一個洋女人就在後頭扯著嗓子罵他，他直著脖子只用家鄉話嚷著「聽不懂聽不懂」。那洋婆子據女兒說是罵的很難聽，說華人是粗鄙的狗那一類。所以他還特別回頭啐了那女人一口。所謂好男不與女門，不會英文也挺好的。

老田抬頭看了看牆上的鐘，指著一點二六，嘴巴渴的很，他記起該吃飯了。老伴給他留了紅燒雞，微波一下就行。這微波機器說簡單其實挺笨，他搞不懂什麼溫度時間，反正是熱是熟的就行，他想以前在台灣的時候，吃頓飯可講究，不說六十年那時提倡節約的梅花餐也還是要口味地道，七十年以後就更不用說，三步一家館子，東西南北菜都有，老婆下廚的食材也隨處買的到，巷口麵店連陽春麵都是香噴噴的，烙張餅、吃粥、喝豆漿，天天換口味，而且有湯。現在連找家漢堡店都得開車，而且還茹毛飲血手口並用，野蠻的狠。他嚥了嚥口水，突然想叫老婆做道道地的米粉湯，他剛娶她的時候，這台灣婆子只會煮湯湯水水的台灣菜，他從桿麵教，硬是把她訓練出不錯的麵食手藝。這幾年他回老家，反而吃不慣那些家鄉味，常常想起台灣眷村裡臥虎藏龍各地菜食飄混在空氣中的香氣，一堆人住在日本鬼子平房裡窄窄小小的，前門接後院，黃泥路一下雨就成小河，尤其怕那颱風，裡外全是雨，小小泥流繞著一棟又一棟屋子，左鄰右舍扯著嗓門點蠟燭搬桌椅，一家子擠得緊緊的，黑呼呼的夜裡，風在耳邊叫吼，那紮紮實實的皮肉硬是被汗水給黏在一起。老田心想那個地方真擠，他現在可好，屋子空又大，連聲音都沒有。就這電視台老播舊片，這馬王又爭起來，台灣真是不長進，該當選誰還需要想嗎？他啪的一聲關了電視，又睡不著，還是開著好，馬王就馬王吧！

去年他回老家的時候，堂表哥問他將來老宅回不回鄉。他想這入土的事可也不能不開始考慮了，老家舊址文化大革命既然給燒了，就把祖墳重修在那兒吧！可堂表姪兒說，那處風水師說不好，前頭有水直沖門，不安穩。他想這也沒錯，否則好好一個家怎麼就沒了。姪兒又問他：若要造，留不留他的位，他這下又拿不定主意了，他的兒子女兒是一定留在海外了，老婆說了，死後要不就跟兒子女兒走，要不就回娘家去。所以，若只有他一個人回老家，那不就妻離子散了嗎？所以他後來跟姪兒說，碑上留個名就好，位子就不必了。

他海軍軍艦南北駐防從高雄到基隆，雨就完全不一樣，南部的水就像北方漢子，俐落瀟灑一氣呵成，這北部就欲語還休，多了些詩意。他休假上岸總愛找家飯館好好吃頓飯，然後到已經退役的學長家裡叨擾一晚，即便睡在陸地上，他總要就著雨聲嘩啦嘩啦，床鋪搖啊搖地才睡得著。這老宅靠水說不定正合了他的心願，還是請他們留個位好。

誰知他那次一回家腿就壞了，姪子來信說找不到好地段，所以還是在舊家重建了祖墳，風水師說把河水向兩邊引一引，就成了門前有小河的財庫。他不信教，所以是進不了洋人的教堂。若真要留在這沙漠一樣乾的地方，屍骨鐵定千年也不會腐。他把紅燒雞啃的一骨不剩，就又回到客廳的沙發躺下。新聞台已經全黑了，只有斷斷續續的聲音，好像還是馬王拉鋸這類的話。

說到這沖門水，他倒是想起兒子女兒小時候的兒歌總有門前有小河後面有山坡這句，那時候還真是這樣，山是半屏山，這小河嘛就是路邊沒蓋的大水溝，平常排家戶的廢水，雨一來就成了名符其實的河，勉勉強強的依山伴水，不過這河不像他老家那般恐怖，別說汛期望不見對岸，隨便下個雨就成澇，左鄰右舍時不時得防著，修堤打包牽牲口，遊牧民族似的跟水鬥。他娘常跟他說水帶財，順溜著它就能攢點錢活下來，可千萬別打算給阻下來，錢沖了門家就垮了，就是個水積人散。他想，這祖墳若要把水引開可得花不少錢，或者就往邊上遷一遷改個坐向算了。新聞台的畫面愈來愈模糊，還成了黑白的，八成是屋外的小耳朵位置出了錯，應該打電話去抱怨一下，不過還是等兒子回來再處理吧！反正影像不清楚還有聲音聽得見，他看時鐘指著七，突然算不準現是哪一天哪個時，地上還是那些沒攤開的報紙，頭條是香港特首改選，這明明是剛剛九七回歸，哪會選什麼特首？這世道變了，連報紙都是假的。他想應該吃飯了，卻不確定是該吃麥片還是紅燒雞？從沙發椅上起身，繞到客廳門口，外面沒甚麼動靜，孩子們還沒下班，老婆也沒回來，他站在厚厚的窗簾前面發呆，想不起該做些甚麼，或者先瞄一眼外面，想想萬一又跟誰打了照面更不好。他坐回沙發，就著立燈看電視，新聞台的頭條是陰謀論，馬總統連任成功，他愈發搞不清楚，不是才要選黨主席嗎。他轉港片台，播的是港姐選拔，另一台再一台全是他不認識的什麼韓星，簡直莫名其妙，他想還是要打電話叫第四台把楚留香播完的好。有時，他一想到自己要埋骨在這個乾燥的地方，就直嚥唾沫。雖然是個被海，藍的讓人睜不開眼睛的海包圍的大陸，但是想要看到海，得開十二個小時的車，要不就要搭飛機橫越沙漠到最南方的小島上，那裡據說海風吹拂，時時飄著小雨，所幸政府給每個社區蓋了游泳池，一戶一個月可以去游三次。節約用水，對了，女兒不知道寫信給政府了沒有，他覺得口渴，熱水瓶的水不知道何時涼掉了，茶葉渣浮在杯口，他想年輕時候在台灣總看到水，水溝、農業渠、河道，火車從南到北就要過好幾座橋，隨便路邊稻田旁也有河堤，更別提山裡噴濺的小瀑吊橋。河水穿越城市，和著從天而降的雨水和家戶洗澡煮飯用過的水，從地底地面穿流而過，只要折個小紙船就可以隨著水流到他想去的任何地方，颱風狂雨或午後的西北雨在門前聚成水窪，他踢踩著水一路走回家。那個小小舊舊的日式平房瀰漫著濕潤的泥土味道。真年輕啊！

新聞台突然出現了畫面，他奇怪台灣現在的電視主播全是漂漂亮亮的女生，一點權威感都沒有。美食單元、油電雙漲，竟然還有爆料專線。他轉了轉遙控器，就是沒見到馬王的消息。到底是誰當選了黨主席？這麼重要的事竟然忽然就不報了。老家祖墳既然修好了，還是得找時間回去看一看，那河水若是漲了起來，會不會又把祖先們給淹了？不行不行，得築個堤防備防備。這祠堂宗廟的字跡也已經斑駁，老屋裡擠坐著他的父母兄弟以及一大群不識得面的後輩，大家睜著眼盯著他，啥話也沒說，黑黑白白的就像一張亡靈的照片，突然一把火燒起來，他出聲叫喚，卻被轟隆的水聲給噎住了。河道很寬，望不見對岸，他要船夫順著河岸走一走，祖輩們的新居櫛比堆疊，他一個一個細看，卻沒有自己的名字。表姪兒不會誆了他，他們還巴望著他拿錢回去呢，不過他這腿現在走不了，還是只能坐在船上看看，眼前汪洋一片，分的清是誰家的塚呢！他臨上飛機前，女兒說要個中國味的風箏，他走到市集上熱熱鬧鬧賣著花布首飾算命的進香的攤子，最終買到了一個大紅紙鷂，就著風放起來，卻是個破的。

他的身子已經濕透了，這河水凶猛，泥漿滾滾，船夫不知跑哪去了，他著急的拉著槳，卻只能在漩渦中打轉，電視台隱隱約約播著國際要聞，說墨爾本遭遇百年洪水，沖毀了許多民宅。他轉台，主持人介紹了一個禿子竟然說是鄭少秋，然後他娘親的聲音從水裡面傳出來，問他何時回家，他說這船不聽使喚，等水退了就回去。電視台黑白線的畫面突然出現了一棟白色的房子，在黃濁泥漿的洪水裡滑動，市區街道上的辦公大樓擠滿了尖叫的洋人，房子翻滾了兩圈，朝郊野的鐵樹區漂去。老田翻個身，屋子整個安靜了下來，窗簾密密實實地連一絲風都透不進來，他聞嗅著淡水河和愛河時不時飄來的臭味，那年瓊瑤拍愛在夕陽裡取景，他正巧路過，身上水藍色的軍服明天就要脫下來了，不打仗，男女主角就著海風吻了起來。他站在門前的小河邊上，陽光暖暖地照著，手上剛撈到的小魚，家門口，他的娘親老婆孩子笑吟吟地喚他回來吃飯。河水嘩啦嘩啦地流過去，他這次真的安安穩穩地睡著了。

新聞台國際要聞最後一個畫面停在洪水退去後迅速被

烈陽照耀的土地，一棟白色的屋子擱淺在離海一萬公里的沙漠上。

請務必節約用水。主播說。

（刊登於2013年1月22日中國時報副刊）

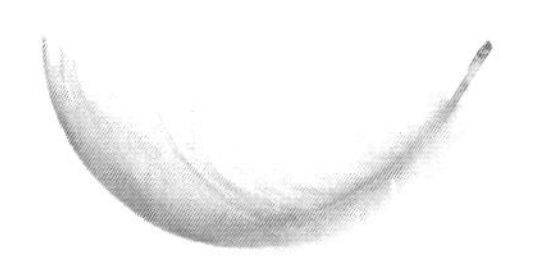

假日

他在房間裡等待著，咖啡色的落地窗簾把臥室密密地封了起來，雙人床邊的矮几上座鐘指著三點五十一分。「應該可以試試看了」他心想。便走到落地窗前輕輕掀起窗簾一角。窗外正在下雨。

這個古城典型的毛毛雨，每年夏秋之交就會下個不停。一開始窗玻璃會罩著一團霧氣，當你發現它怎麼也不消失的時候，雨已經下了一個月了。他搬到這裡不過三年，不過房子確像有百年的歷史般散發著霉味，外觀也不像歐洲的百年建築個個如宮殿般宏偉，這裡的房子幾乎都是兩層加上斜頂閣樓的建築，不擁擠卻顯得滄涼。

他從落地窗看出去，聖喬治教堂的尖頂直直立在這條商業街的後面，不遠處聖約翰教堂鐘樓上早已停擺百年的鐘面清清楚楚地面對著他。不知是哪一座教堂的鐘聲每隔十五分鐘就敲打一次，老是擾亂他對時間的判斷，於是他趕緊望一望矮几上的座鐘，三點五十六分，「她應該快到了」。

一輛公車從街心駛過，就停在他的屋子前面，對街公車亭的咖啡色木頂黑的像柏油一樣，公車擋住了他的視線，看不見有沒有上下車的旅客。他等著，這公車停了十分鐘才開走，一對男女出現在公車亭裡。他從來不搭公車，這個城只要三個小時就能走完一圈，他也不像大多數的人住在山上，自然用不著開車。最熱鬧的商業區就在他腳下，從伊莉沙白街到王子街共有三十家商店，靠近公園的那頭是一家二十四小時的超級市場，然後有一家中國菜館、pizza、運動鞋、Café、男裝、寶石、書店，他家正對面是百貨公司、Café，再過去速食店、照相館、旅行社、免稅商品店、糖果店、一般時間的超市、鞋店、旅行箱專賣店、日本壽司、女裝、Café，到威靈頓街之後便是工廠、車子展示中心和學校。街的這一邊和他的房子比鄰的商店就像照鏡子一樣，跟對面差不多，而且就像是約好了，連順序位置也相同。

他剛到這個城的時候也覺得奇怪，布里斯本街、瑪格麗特街、查爾斯街、弗瑞德街、國王街、派特森街、威靈頓街都有教堂，不只一個地佔據著整條街道的二分之一，唯獨他住的這條街沒有教堂，從山上住宅區開下來的公車也只在這裡設站，從地面上看這條街就顯得房子比其他地方矮，尤其是從不遠處山坡上梯田一樣的房子俯瞰這條街的時候。

公車亭裡的男女動也不動地坐在木頭椅上，他首先注意到的是坐在左邊的女生短褲下面露出的大腿。她的雙腿在膝蓋部分分開，右邊的那一隻以幾近九十度的彎曲貼靠著椅子，另一隻腳向斜後方拉，腳尖抵在水泥地上，使整條棕色豐腴的腿微微顯露著充滿彈性的肌理。因為雙腳向後用力，所以女生的腰脊便往前傾，她纖細的腰在側扭的姿態上也充滿力量，支撐著不算宏偉卻顯得堅實的雙峰。他的眼光在此停留了許久，然後才開始打量女生的臉。

女生的臉嚴格上說是背對著他的陽台的，但是他居高的位置還是隱約見到了女生微閉的眼睛以及仰望時側臉下巴的線條，從脖子上毫無皺折的陰影可以斷定，這個女生還相當年輕。「也許只有十七八歲吧？」他喃喃地像是要再一次確定的對自己說。這個女生是不是他喜歡的類型，在當時他並沒有特別去追究，他只是習慣性的先注視女性，然後才無可無不可地瀏覽一旁的男性。他不記得自己以前是否如此，但是當他在這個山城待了一段時間之後，他確確實實對女性敏銳了起來。

女生的臉側仰，原本可以使他窺見她完整的表情，然而，他此時卻不得不從男生一頭棕髮低垂的側臉追究下去。其實從他的窗簾後看過去，男生的頭臉正好完全遮住了女生鼻下的部分，而那裡，被男生的臉也許壓碰著的，是他這裡見不到的雙唇。他無法確認這對男女如此貼近的鼻下部分是不是正交纏著更劇烈的舌動，但是他為此感到不安，遂試圖放下窗簾，重新在房間裡踱步起來。茶几上的時鐘已經過了四點十分，他猶豫著，想再看看路的盡頭那家二十四小時超商有沒有人走過來。

女人從超商裡買好了一週的鮮奶麵包、火腿起司、幾顆蘋果和一些做生菜沙拉的蔬菜。她是土生土長的當地人，高中畢業的時候曾經短暫地想到外地攻讀大學，但終究還是放棄了，只在二十歲的時候到遠一點的一個靠海的城市做了一次不超過五天的旅行，便再也不曾離開過這裡。她的家在教堂集中的瑪格麗特街，正好和佈滿公家機關的國王街相鄰。她小時候常到那些古老的教堂玩耍，對各個教堂的鐘聲特別熟悉，她可以清楚地分辨它們音階的長短、粗細，而且絕對不會和市政廳報時的鐘聲相混，因為市政廳的大時鐘用的是錄音帶，並不是真正敲擊鐘面來發聲。她的父親經營農場，在城外一望無際的草原上，隨意放牧著黑色白臉的牛群。父親不是一個積極於事業的人，因此她家的農場總是在牛群數字上遠遠落後其他的人，不過也許和他父親骨子裡流浪的性格相關，她反而喜歡不務正業的擔任地方導遊時的父親。在偶有外地的觀光客出現時，父親就會開著那輛被他自己彩畫著旅遊路線圖的小巴士，在這個城裡亂跑。有時直接把遊客帶到釀製葡萄酒的葡萄園吃葡萄，有時候把車開進城外杳無人煙的大草原，對著一群群別人家的黑牛吆喝。她的父親總是帶著酒意遊蕩在他的家庭與事業之間，因此她的母親就顯得陰鬱沈默。如果不是有一次她因為好奇而偷偷跟著母親上街，她大概會一直喜歡著在巴士上表演的父親。

他後來還是把窗簾打開，向遠遠的路口望過去。某一個教堂的鐘聲響起，他預估已經是四點十五或三十分。幾年前他剛到這個城市時並沒有懷抱著任何目的。那時他的國家因為全球性的經濟蕭條而導致許多跟他一樣的簿記打字員失業，他領著救濟金過了五年，直到他非常確定自己的專長已經被時代永遠留在過去，才帶著一點積蓄到這裡旅行。他的目的地原先是那個靠海的城市，在那裡他以低廉的價格品嚐了各式海鮮，然後在一個酒吧獨飲的夜晚，一個頭髮灰白滿臉黑斑的老船員告訴他，這個遙遠的山城是他想要終老的地方。於是他便在旅程結束前搭了很久的車過來看看，也不知道為什麼地很快的辦了移民。他後來曾經回想過下這個決定時的原因，最後認為是亟欲擺脫失業的焦慮所致。他後悔過嗎？這是個連他自己也不清楚的問題，他在這個城的一個小小旅行社裡擔任為遊客叫車的聯絡員。他的辦公室就在和住家同一條街的左前方閣樓上，那裡有一個傳真機，在假日來臨前，許多大城市的大型旅行社便會因為一些附帶行程而委託他們這種當地旅行社出車。他的老闆總是待在家裡，所以辦公室永遠只有他和那台傳真機，要聯絡這個城裡兼差的導遊駕駛並不困難，但是他的工作卻常得因為這些兼差駕駛莫名其妙的理由而異常忙碌。所以即使是在假日，他也要擔心出車的狀況，謹慎的守著電話直到確認不會有老闆或任何人來抱怨。

山城的雨季幾乎沒有遊客，所以在週日原本就只有少數青少年出沒的商業街也不營業。週日公車只有兩班，早上十點和下午四點，所以只要時間過了四點，他就算真正鬆了一口氣。此時，他開始有閒暇去推想木椅上的這對男女究竟是遊客還是當地的居民，他們下一個去處到底是哪裡？遠方街口沒有人進入，他於是持續地看著剛才不曾注意的男生的臉。

男生濃密的棕髮短短地梳在耳後，露出潔白的耳朵和脖子。他的側臉以三十度俯向女生的唇，一件無領白色短袖T恤露著雪白細長的手臂，他的白色運動短褲下也有一雙和手臂一樣粗細的大腿，一隻向前推，一隻向後頂住水泥地，這使得他的身軀微微後傾，而那雙細長手臂上骨結清晰的手輕輕捧覆著女生的臉頰。然後他才注意到女生的雙手正用力的撐在男生的大腿上，巧妙又驚險地和對方維持著平衡。

她按照平常的習慣，來到城市中心的商店街，穿越一個十字路口並經過百貨公司再一個十字路口，就是她的瑪格麗特街。每個星期日她都會前往聖喬治教堂做禮拜，然後到超市買東西。回程這條路並不是返家的捷徑，她如果走市政廳那條街會更近些，因為她的家在教堂街的最末端，反領著市政廳街，不經過教堂會更近一些。可是自從她小時候尾隨母親走這條路之後，她就總也無法改變這樣的走法。雖然手上的東西很重，她還是朝著百貨公司前的公車站牌走去。

落地窗逐漸被霧氣整個蒙住了。他用手掌擦拭出一塊地方剛好夠他繼續看著站牌處的男女。男女生的姿勢彷彿一直沒有變化，他不得不跨到陽臺上仔細的瞧。這個山城的人口數遠比牛隻稀少許多，其中男人和老人又佔去四分之三的比例。商店街的服飾店賣的都是男裝，幾個可以見到的上班族也都是男性。他記得一位常常喝酒的兼差駕駛說過的笑話：有一次一個單身的女性遊客到山城參訪，途經一處農場，幾頭公牛與數十位男士同時屈膝向這位女士求婚。男人們說：公牛們已經有一頭母牛了，請女士絕對不要受騙。但是公牛的代表卻只在女士的耳邊悄悄地說了一句話便順利的獲得女士的首肯。事後落敗的男士們百思不得其解，只好向公牛們低頭。公牛們告訴他們，牠們只是告訴她：「這些男人們從沒見過女人」而已。另一個笑話是關於男人的智商的：有一位男科學家研發出一台可以改造人類智商的機器。一天，一位丈夫前來要求科學家用機器把妻子的智商降低一些。丈夫這樣跟科學家說：「我的妻子總是不斷糾正我的決定，雖然我不認為她比我聰明，不過我希望把差距拉大一點。」科學家深表同情的說：「這台機器就是為此而發明的，不過，智商一但降低就無法再提高了。你確定要做嗎？」丈夫毫不猶豫地點了頭。於是一天科學家便為不知情的妻子套上了頭盔，轉動機器，智商便從一百三十、一百二十、九十一直往下降。此時在另一個房間沉迷於球賽而大聲唱著A球隊隊歌的科學家和丈夫，因而忘記關掉密室裡妻子的智商控制機。於是很不幸的，妻子的智商因此降到了零。而這位零智商的妻子總是唱著A球隊的隊歌，且從不忘詞。他每次在兼差駕駛們的聚會聽到這兩個笑話不斷重複，就忍不住要鄙視山城男人們的真正生活。

她今天比以往晚了些，而且不知道為什麼幾次猶豫地在她熟悉到不能更熟悉的路口停了下來。她的母親三年前過世之後，她就一再重複這樣的時間和路線，連在超市購買的東西也沒有什麼差別。她總是提著牛奶麵包走到她母親駐足的百貨櫥窗前，像她母親一樣久久望著對街的百貨櫥窗。她始終不解這樣的距離對母親的意義，她只是想弄清楚每個假日都不待在家裡的母親都作了些什麼事，這跟她愛不愛母親沒有關係，但是卻和母親愛不愛她有關。然而像這樣一再重複母親的舉措卻逐漸失去了意義，她現在做這些事就好像是她自己想做似的，和死掉的母親一點關係也沒有。想到這兒，就對一切厭倦起來，不同於今天從教堂出來的時候心裡突然湧起的那種陌生昂揚的鬥志，她原想要抗拒自然移動的雙腳，終究還是帶她走了大半同樣的路線，但只要還沒真正走完，她認為她隨時都可以做出不同的決定。

鐘聲又響了幾次，他已經完全無法確定現在幾點了。他其實非常不喜歡這些教堂敲來敲去的鐘聲，雖然他明明是一個一出生就受洗的教徒。好像是十五歲左右的事，他和一個女孩在學校的廁所裡發生關係後，就不願再和父母去教堂。當然他不是反基督的激進份子，也不是對抗一切的虛無主義者，因為這都與他打字員的性格不符，他只是不喜歡那種氣氛，那種使他覺得有一種不確定又不被自己所理解的臭味從他身上散發出來的氣氛，他害怕被人聞到，甚至因此長久陷入假日的恐慌。所以他習慣以自己的方式維持和父母與教堂的關係，例如在懇求老闆或取信遊客的時候引用聖經和規律的生活。他的工作基本上是全年無休的，要不是這個山城的雨季，他不會這麼無所事是的站在窗邊，他得用辦公室的傳真機和家中的電話叫醒酒窖裡的導遊駕駛。但是雨季的假日並不因此讓他覺得好過，幾乎是從假日的前一個晚上開始他就不斷被鐘聲干擾，以致於他不得不專注地凝視著空無一人的街道，以便擺脫那股不斷想計算時間的衝動。

她看著不遠處的百貨公司，雙腳卻沒有如以往地從徒步區直直走過去。突然，她似乎是因為看到了公車站牌旁木椅上的情侶而劇烈顫抖起來。「臉雖然不太清楚，但應該是三十歲的女人吧（她這樣希望著）」正以半個頭的高度俯壓著棕髮的男人，男人的頸部被女人的額角留下一團陰影，顯然雙手正極力將女人強勢迫近的雙唇排開，但是因用力而突出的骨節卻無法抵擋女人的攻勢。她見不到男人的表情，卻可以從他軟弱的姿勢理解他的痛苦，從而湧起了對他的熱望。不過女人半睜的眼睛微微下垂的同時，她幾乎可以確定女人正同時不友善的盯視著她。她因此無法如常的挪動雙腿繼續她的行走。

天色全黑，商店街上徒步區的路燈亮了起來。如果是平常時候，他這時會離開落地窗到廚房弄一點東西吃，順便沖一杯咖啡看一會兒球賽的重播。可是今天他沒見到那位準時提著超市購物袋老站在對街的女人。這個女人從他搬到山城以後就開始在假日出現於商店街。誠如他自己所明白的，他是在這個山城裡才對女性敏銳起來。這個女人看起來並不老，雖然眼睛部分老是泛著青黑色，不過身形纖細卻不薄弱，她總是凝視著他的住處良久，彷彿在等待或尋找些什麼。他第一次發現她時曾經試圖讓對方見到他，後來他發現自己並不想真正被她看見，於是他掀開窗簾一角久而久之變成一種不被教堂鐘聲鐘面混亂，足以讓他確認時間的習慣。

她等了許久，卻不知為什麼漸漸不想離開那裡，直到她恍惚聽見聖約翰沈寂百年的鐘聲仔仔細細地敲了十二下。每一家商店的玻璃櫥窗彷彿都同時點上燈似的，把街燈的影子如實的吸了進去。她無法不去看那對男女，尤其當她意識到那位蒼白的男人愈來愈萎頓的身軀，已經被女人緊緊糾縛吞噬的時候。然而在街的對面不被她注視的一個櫥窗上，此時卻悄悄映出一個身影，一個三十歲的女人正踮著腳尖，以和男人同樣的仰角，雙手環抱著空中，閉著雙眼親吻著另一個人的唇。

週一早上六點天剛亮時，聖喬治教堂的鐘聲第一次和市政廳的鐘聲同時響起。落地窗玻璃因雨霧所彌合成的一片灰白，只一個被雙唇緊緊貼印的唇形還殘留在那裡，隨即也淡淡褪去。第一班公車來到以前，他什麼都不記得的走進辦公室，精神抖擻地處理另一個山城導遊的人選。她則疲倦不堪地放下整夜提著因沒放進冰箱而變酸的牛奶，癱坐在廚房的餐桌旁靜靜等待著從不與教堂鐘聲相混的市政廳報時。

一位難得沒宿醉的導遊駕駛此時正站在商店街門口，處理從百貨公司丟棄的雕像。他和幾個工人用麻繩繞過這個男女雕像唇間的縫隙，裝載在他畫著旅遊路線圖的小巴士車頂，一路唱著歌把他們丟棄到山城的後面。百貨公司在市政廳標準報時的第一秒揭開了覆蓋已久的紅布簾。商店街兩側煥然一新的櫥窗裡，各自陳列了一排又一排穿著最新秋裝的男女模特兒，他們的手各自插著自己的腰，微仰著下巴一副誰也不看誰地神氣，整齊優雅地展示著身上的華服。

陽光落進瑪格麗特街底時，她還坐在那裡，不懂為什麼今天沒有聽見任何報時的鐘聲。

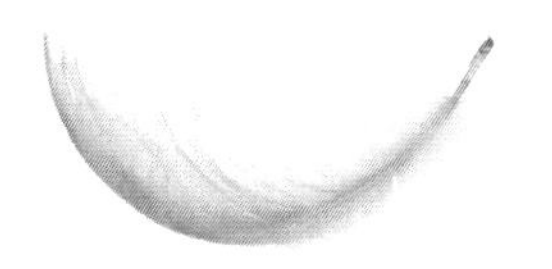

裹

他坐在這裡已經有很長一段時間了，老實說，他根本弄不清楚現在是幾月幾號幾點鐘。這偌大的廳裡應該是有時鐘的，只是不知道掛在哪裡。你如果在平常時候遇到像他這樣一個人，穿著怎麼洗也洗不乾淨的粗棉衣，兩頰凹陷顯出巨大顴骨的臉，黑膩黑膩的功夫鞋和幾乎黏成一坨的灰白頭髮，你必然會認定他是個叫花，至少也是個流浪漢。但是，他那雙一看就知道是新買的純白棉襪洩漏了他真正的身份，他應該是個苦力，平常不著襪的苦力，只有在一生中難得的生死場才會穿上漿洗如新的白棉襪。他坐在一排花頭的後面，他的後面也還是一排花頭，男的女的沒什麼分別，全都叉著兩條腿，歪歪倒倒在一堆跟破布沒兩樣的包袱中，包袱大多是花的，原意是為了不顯得髒，但是包袱免不了要擱在地上桌上背上，所以每個包袱都透著濃濃的汗臭味，而且沾上各種污漬像一張張哭花的臉，一抹就帶著鼻涕把五官給扭在一起。每個包袱裡都有一把傘，全是黑色的，傘頭都掉了，傘面一樣沾著褪色的污花，傘骨彎曲，顯然吊不起任何一個包袱，但是插在包袱上就有了威嚇的意味，好像人不單勢不孤，誰都可以操起來打，即便包袱的主人連背都直不起來而且還缺了條腿。

包袱排起長長的隊，不整齊，但是份量足，它們有的被他們的主人靠著，有的就擺在大腿上，取代了人的臉和身體，有的橫橫地岔出了隊伍，氣勢嚇人，壓根連人都見不著。當然也有秀秀氣氣地拎個單色小包袱的偶爾路過，這時候長長的包袱河就會浮出一個一個人頭，眼睛死命地盯著，這小包袱若匆匆離去也就罷了，否則那些看起來散漫的包袱就會立刻動了起來，把包袱間的空隙全滿上，連插個腳指頭的縫都沒有，而且每一張長在包袱上的嘴，一定會罵罵咧咧地告訴這個小包袱，「沒事別杵在這」「快走快走，耽擱個啥！」小包袱大多如夢初醒如驚弓之鳥的逃走。若賭了氣或鐵了心占便宜真給坐了下來，那就得有聾啞全套的功夫加上身強體壯，因為這群花頭向來只嘴上厲害，誰也不肯放離了自己的包袱跑過去趕人。照例前面被插上的包袱也只能嚷嚷一下，畢竟被人給插了隊算是個孬，嚷的愈久，自己招的白眼就愈多。

他的包袱不算小，但是少，就一個。恰恰和跟前帶著孫女的阿太那五座山一樣的包袱對比。阿太胖蹲胖蹲坐在中間，儼然一個紮紮實實的包袱，跟前後的人戰壕邊堆的砂包隔著一公尺的距離，小女孩衣服穿的舊但是乾淨，瘦拎拎地高坐在包袱上，安靜漠然地看著眼前時不時被包袱阻滯絆倒的人群，以及跑鬧爭搶吃食的數不清的髒小孩。

十二月早該雨雪及膝的季候意外地出著寒氣的太陽，只是冷，針鑽麻骨的冷，從東西南北四個大敞的門吹進來，花頭躲在花包袱裡，只露出兩隻眼睛，盯著遠處根本就看不到的鐵柵欄，少數眼力好見得著的，也認不得柵欄上那排小小的字寫的是甚麼，更何況這大廳今兒個已經擠的連下腳的地方都快沒了，武警的棍子都氣洶洶地放在肩上，踩手踩腳挨挨蹭蹭，誰都給打過幾下，可誰也都不知道這鐵柵欄什麼時候開，「總趕得上回家過年吧！」「這當然」「你知今兒個初幾？」「就快了，離不了幾天就除夕」「這可不行，火車就得好幾天還得轉車呢？」「你票買幾時的？」「我也沒注意，票買了就在這兒等，也沒出這廳，算算待這少說也半個月了。」是半個月嗎？他背著包袱跟著眼前的花頭窩了十來天，也許還更久一些，眼看著包袱鬆扁下來，那件補丁褪色的舊襖和脫線的棉絮邋拉地露出包袱透氣，心裡也開始急躁起來。他困在這兒通共只張嘴講了三次話，一次是找他那個在睡著時被人踢到隊伍外的包袱，他跟身後的花頭打了照面，「有見到我的包袱嗎？」那花頭指指五尺外的一團破布，「是那個？」「誒」，他連起身都沒有就趴拉著伸長手給勾了回來。第二次是管理員的大腳把它踹醒，「排整齊了，睡覺也要把姿勢坐正，你看你的腿，又臭又髒，還不縮回去。」「這就挪」他沒想自己的白棉襪是新的就立刻把自己團起來，緊緊抱著雙膝，左顛右移地跟前頭五個包袱對了齊。第三次也就是最近的一次，阿太的小孫女貓叫般的哭聲持續了好長的時間，阿太睡的熟，小孫女扯著她的袖子哭，滿臉的鼻涕眼淚，他於心不忍，悄聲問了小女孩，小女孩怕生，一開始還不肯說，直到確定阿太不理她，她才說「要上茅房」。他把包袱穩穩地踩平在自己的位置上，黑傘立插著，像是個風向雞又像是個墳，這才抓著小女孩的手到茅房去。

小女孩的手黏呼呼地出著汗，嫩軟嫩軟，把他那雙溝硬如刀的手掌給熱出血來。他許多年沒握過這樣的手了，從七歲下田到十四歲離家，他的手是一張砂紙，磨著磨著就長出了厚繭，和所有的東西都隔著一層，免去了被燙著的危險，自然也就不太覺得冷。他幫小女孩脫了褲子，小心地讓她阿完尿，心裡想這要是自己的女兒有多好。他一定會燒壺水，用手巾仔仔細細地把她的臉揩乾淨。不對，他壓根就不會讓她哭，他要像拽著小包袱一樣把她窩在胸口，到哪兒都帶著。他那張瘦削的臉開始紅潤了起來，傻裡傻氣地回到了包袱堆裡。

阿太整個人睡塌在包袱山上，大廳裡只剩兩盞鎢絲燈嘶嘶亮著，他看看這屍橫遍野的花頭，把透進門縫裡的寒氣也給蒸出汗來。小女孩偎著他睡了，他把破襖抽出來疊成一塊薄薄的板豆腐，塞在女孩的頭下，包袱裡就只剩下一些碎餅，估量只能再撐兩天。他看看前後沒人醒著，這才脫下身上的破襖，用牙咬斷內面縫得密密紮紮的小口袋，抓出那兩張折的方方正正的車票。車票上印著的火車班次和位子已經糊成一團黑黑的油墨，加上跟著破襖翻來轉去很有隨時要裂成碎餅的樣子，實話說就算這票沒糊他也看不懂上面印著啥，他記得跟賣票員說了日子和地點，付了錢人家就遞給他這張紙，他恭恭敬敬地接下來，跟供奉他鄉裡田邊的土地公一樣虔誠，當然對他這種人來說，甚麼都是應該信的，相信老闆拖欠他薪水的理由，相信眼前這堆花頭，大家排隊他就跟著排，大家說鐵柵欄開了就得擠上車，他就跟著跟著想要怎麼擠，但是他手上這兩張票有一張是幫他老鄉買的，老鄉跟他說開車那天他鐵定找得著他，只現在還沒個影兒，所以他也信今兒個還不是他的車開車的日子。

算不清這廳裡到底擠了多少人，白天是花鴉鴉的一片，晚上是白灰白灰的臉和牆上堆疊的影。沒有甚麼可以從外頭進來，也沒有東西出得去，連站立和行走也已經不可能，所以每一個花頭都絕了飲食，睡吧！睡著，鐵柵欄就要開了，他們跳過擁擠奔跑的場面和接下來更漫長更封閉的旅程，直接來到村口的白楊樹下，遠遠喊著爹娘家裡的，一下子就被到處貼滿的春聯給浸紅了臉。那張早就黑的連五官都無法辨識的臉，露出了缺磨的厲害的白牙，笑了。但這笑是夢裡的，他其實是被一陣寒意給凍醒的。

那冷來自腳邊，他睜開眼，瞧見的是一團青白青白的肉，一張小小的臉蛋，不知道何時給弄髒了，凝成黑褐色的血成為一道傷疤自嘴流經鼻眼浸黑了他那雙白新的棉襪，兩隻腳掌外八地翻著，踝關節處有兩處青紫，骨頭顯然已經斷了。小女孩的臉沒有表情，只微微張開的嘴巴對著他，他彎下腰把耳朵貼上去，貝殼嗡嗡地傳聲過來，人魚的話語綿綿軟軟，一時之間，他彷彿被風揚起的髮絲拂過臉頰，搔癢倏地從丹田燒燙起來。可他並沒有意識到這一絲不掛的肢體早已僵硬冰冷，四周的花頭俱沉沉地睡著，因為持續不變的低溫，誰都只能縮縛著頭，在間不容髮的碰觸中毫無交集，小女孩雕像似的屍身意外的佔有了一個看起來完全舒展的空間，死亡既沒有造成驚動和恐懼，也就不可能召喚任何敬意，它被施與出的形貌太過坦然，所以引不起揣測遐想和討論，尤其是在這樣一個人人緊握著車票盯看鐵柵欄後的黝暗出口的時候，沒有人參與這個死亡，死亡因此被隔絕，成為一個不存在的問號，塞住他的喉嚨，甚麼聲音也發不出來。他就著小女孩要抱抱的姿勢把她抱起來，這才發現她輕的抵不上一顆窩窩頭。那已經乾癟徹底的包袱，連最後的碎餅也沒有了，就這塊發臭的包袱巾，他把它攤開來，先覆在那一大塊白麵皮上，然後翻個身，一角從下繞過私處像尿布一樣在背後跟另外三個角打結，把整個屁股給全露在外面。這不行，畢竟是女孩兒家，他拆開，這次從肚臍開始，由後往前，正好繞了兩圈，給她穿上了裙子，胸前卻整個露了出來，不只是兩顆小豆還有一大片的爪痕。他再拆開，這次直接把頭包住，用自己的胸臂把身子緊緊地環起來，然而，那雙凍成了青紫色的腳丫卻一無遮蔽地垂落著。他夢遊般地站起來，眼睛無意識地掠過花頭們的包袱，大大小小又黑又髒，但是密密匝匝，個個鼓著肚子，一點消息也沒露，還打著一個又一個誰都解不了的結。每個包袱都有習慣的表情，醃浸著許許多多的過往，有些拼了命的洗，想換張新的臉，卻還是兩頰消瘦露出哭相；有的披紅戴綠描眼繪唇，也仍舊青春渺渺衣食無著地扁著。包袱裡是誰都非帶不可又一定會用盡的東西，不只是掏進掏出，到末了往臉上一蓋，說不上舒不舒坦，但好歹是自己熟悉的味道。他奇怪這包袱巾怎麼就這麼個尺寸，更大些就顯得裡面的東西少，再小些又不夠稱頭，方方正正剛剛好每個人都能不太為難得把它塞飽。但這是給那些身上還掛著跟包袱一樣花色泡襖的人說的，真要脫了個精光，包袱要拿來遮哪呢？不怕人笑話，論理包袱巾頂多就是個裝飾，繫腰上當綁腿領巾，略可擋點風遮些破，真真重要的倒還在它雖然沒名沒姓，可就是一個活脫脫的人，擺在哪，哪兒就成了他。他想總得遮一遮，再怎樣也不能光著腳上路。包袱裡看起來什麼都有，可就是不能拿來裹這雙筋離骨斷的小腳。他的黑臉漸漸浮出了困惑的神情，但只是一下子，就又回復了等待的呆滯。還漏了什麼呢？那在他睡夢中發生的事，就突然完完全全給錯過了，他明明從另一個世界走到這個世界，卻對任何一個都一無所知無能為力。

久久久久當他想起來她是阿太的小孫女時，阿太已經跟她的五指山一起失蹤了。有的只是花頭包袱和包袱花頭，沒完沒了，無窮無盡，誰都分辨不了，也叫喚不來。他想到也許是他在夢裡殺死了小女孩，也許是別人殺了丟給他？也許她就是得死，但是為什麼那身衣服要給扒個光呢？

外面的天大概是亮了！公安在這個無可落腳的地方，拿著木棍排排站在鐵柵欄前頭。包袱們開始警覺起來，「這鐵定是要開柵欄，你瞧，已經擺陣勢了。「哪一班？誰去問問去？」同志，這車是開哪的，我一個禮拜前的票，你倒是說說。甭提甭提，我半個月前的票都還沒坐上車，哪還輪得到你。這話不對門，你想想這可不是時間問題，是車往那兒開得弄清楚。我說你還不知道吧有車也走不了，你沒瞧見外面雪下的沒完沒了，進不來出不去，我只想離了這地方也許就沒下雪，往中部去肯定開的通。我往北的，那北邊現在動不動的了？北邊鐵定動不了，你看這雪，不就是從北來的！

他從哪裡來？他說得出可記不得。在城裡，只要說的話聽得懂就可以稱個老鄉，但實際上誰都跟他家八百年打不到一起。他懷中的小女孩年紀小，往新去舊就沒有問題，假使不死，她的記性肯定好，叔叔嬸嬸伯伯阿姨就算離到了底，也還是親親熱熱的叫，她跟著認識的不認識的人走，沒甚麼固執，所以這漂浮流動就見不出一點悲傷痛苦。照這樣說，他算得上是她的熟人，他帶她上了次廁所，而且還是唯一一個發現她死掉的人。

人潮開始湧動了，柵欄附近咆哮拉扯像潮水一樣一層一層翻過來，花頭們坐著的來不及站起來，歪著的忙不迭直起腰，包袱碰著人的臉，突然就成了盾牌抵擋著拳頭雨傘腳。個高的撐在別人肩上往前跳，個矮的低頭往前衝，幾十天前到處跑跳的小孩全不見了，只剩下女人的尖叫男人的咒罵。

這是南方燠熱的大城，十六米寬的柏油路總是揚動著空氣中聚積的廢水廢氣，誰都不曾想過這裡竟會下起漫天大雪，大廈矮屋全給密遮成一片白，無形無狀，無邊無際，明明見著了卻不知道是什麼。人都到哪去了？幾十萬人朝朝暮暮時時刻刻在此討生活，留下的一條一條黑煙泥渣，一眨眼全沒了蹤跡，那動著的停著的是人也不是，他們大多穿著一式的的工作服，領一樣的工資，同樣巴望著換身衣裳帶錢回家，可是幾年過去，人耗著耗著，耗去了青春體力還有希望，只好往更遠的地方流去，迴游不了的魚屍，停在哪葬在哪，叫聲老鄉幫我挖個坑，要不，丟到水裡也行。老鄉，不是我說，這年頭那兒還有空位讓你擺呢？燒燒可濟事多了，但得有錢，你攢錢回家之前就當先攢這一條花費。

他並沒有忘記手中的兩張票，票已經濕軟成一坨再也張不開的東西，每一個包袱開始蒸散著酸臭，汗水滴入髮眼耳口，他胸前緊貼著的女孩裸露的身軀正一寸一寸陷進了他的肉裡，接上了他的脊骨，他聞到一股被擠壓出來的真正的血的氣味。

他曾經期待武警公安對他叫喚一聲或投來一次懷疑的眼神，這樣他就可以更確定肩上的包袱確確實實是給他自己包上的。但是，包袱們大多在衝撞裡破裂飛散混進了別人的包袱裡，分不清了，誰拿到就歸誰吧！

鐵柵欄不一會兒就關上了，花頭們帶著包袱重新走入風雪中，車沒來，就算來了也動不了。最要緊的是，已經是二九暝，年過了十二點就過去了，什麼都會重新變成舊的，上工掙錢，每個人都記得把自己包好，一點口風都不露，朝之前來的地方走去。

車站大廳整個給空出來了，武警回去吃團圓飯，站務人員化成了煙。門外的雪晶晶亮亮在風裡飛舞，肆無忌憚封鎖了門裡所有的黑暗。他直挺挺地躺在地上，被踩爛的臉嘴角歪笑，青白青白的身子一絲不掛，只那雙白新的棉襪，好端端地穿在兩隻垂墜的小腳上，晃啊晃的，在雪地裡踩出了鮮紅的腳印。

（獲2009年第三十一屆聯合報文學獎小說評審獎）

下水道結構補強工程

一台工務車在巷口和主幹道的接合處停下來，車斗跳下五個工人，窄窄的巷口立刻像被塞住的賁門，一點可以出入的縫隙都沒有。工人們閒閒地點起菸，有的靠著旁邊辦公大樓的牆面，有的蹲坐在花台下有一搭沒一搭的說話，這整排主幹道上三十層的商辦大樓在這裡陷了下去，巷子的另一邊是五棟三層樓的透天厝，一樓有一家鏽蝕招牌早就不營業的水電行，灰土的壓克力窗戶裡堆滿了廢棄的物品和灰塵，另一頭是一家裝著鐵窗老鎖著門的診所，一道狹窄陰暗的樓梯貼了一張前往二樓舞蹈教室的牌子，再來就是一間鐵捲門破損的住家，所幸有兩家毗鄰的便利商店，叮咚聲響個不停，上班族進進出出，濃濃的咖啡香一陣一陣地飄散出來，光輝潔淨，照亮了這個陰沉鬼域的騎樓，讓人暫時忘記了它可能隨時會傾倒解體的危險。當然，以這樣破落戶的建築，是不可能在支撐偉大城市上有甚麼貢獻的，於是，在這個如常的早上，五個工人之一的他什麼都沒想地站在離夥伴們稍遠的輝煌建築騎樓下，泥灰工作服正好擋住了一波一波從便利商店走進辦公大樓的男男女女。

工務車的駕駛從駕駛座走下來，操唸了工人們幾句，就從車斗上拉出一個假人和兩塊寫著施工內容時間單位的看板，有兩個工人上去幫忙，很快在路口架設起來。安全帽假人開始盡責的揮手，工人們又閒閒地回到辦公大樓的牆角蹲坐著。他並沒有加入那團短暫忙活的群體，只什麼也沒看地望著天空，才過完年，照理該吹點冷風，不過卻出了個大太陽，陽光刺眼，反而使得便利商店的燦爛消失了。你困在主幹道紅綠燈的另一頭，本來不是這慢速動畫場景裡的一份子，自然知道這時候出場有點突兀，不過你那雙被高科技矯正的凌厲雙眼破壞了井水不犯河水的叢林法則，隔著穿流不息的車流你看著他，不得不同時看到他視而不見的那些部分，好比下水道口的鐵板已經搬開，騎摩托車來的工頭把抽風機的管子伸進去，機器轟隆轟隆地運轉，一群人走進巷子底另一個下水道口，商量從哪一處下去。

兩家便利商店的騎樓中間蹲坐著一個不是乞丐的老瞎子，帶著髒污的兩個背包，臉被太陽曬成焦糖的顏色，理過的三分頭和長年累積的酸臭味，跟便利商店時不時滲出的茶葉蛋關東煮味道混在一起。但是沒有風，所以下水道歸下水道，騎樓歸騎樓。靠近巷口的便利商店正推出超級英雄公仔集點活動，另一家則兌換歐洲百年工藝玻璃杯，同時也都有飯糰三明治飲料的特惠，用餐區的人看著報喝咖啡，透明的壓克力玻璃一塵不染，乾淨明朗的要命。英雄們雖然擠在一起但是意見卻不一致，他們緊盯著老瞎子，各自決定了所要採行的步驟。以超人為首的露臉派希望直接把老瞎字安置到安養照護中心，這簡直是彈指般容易的事，之前他在自己的傳記電影裡只要把人從危險處安放到安全的地方，掌聲就會響起。可蝙蝠俠為主的面罩迷則以為直接幫老瞎子套上面罩即可，照理說，只有壞人才露著臉。但是綠巨人金剛狼這些異能變種人則強調使用潛能開發的電擊治療來導正。老瞎子閉著眼維持著不動的姿勢，他並不是沒有聽到這些處置他的意見，除了收音機播放的廣告，他對什麼都沒興趣，無論把他弄成什麼樣弄到哪裡，他還是會待在這，這一點是不會變的。

至於他，那位你比較關注的工人還是沒有跟上同伴們的步伐，他現在站在揮手假人的旁邊，抬頭看著太陽。你順著他的目光往上瞧，這才發現這天上有一條大的嚇人的裂縫，而且這裂縫還在擴大著，整個天空向下逐漸崩壓下來。你慌極了，想起了外星人入侵和摩斯拉電影裡如螻蟻般奔逃的人類，可你的雙腳卻動不了，連聲音都噎在喉嚨裡，是的，你深陷在這種孤獨恐懼的情境裡，周遭的人卻還是自顧自地若無其事的從辦公大樓湧向另一個冷氣涼涼的餐廳。你把焦慮的眼睛望向他，他竟也直直地看著你，就在你找到救贖般的要向他傾吐時，你立刻明白了，他什麼也沒看，也許只是被太陽曬得有點昏，他訕訕地走到抽風機呼呼的洞口。一個留在車斗監看的工人問他待會是不是要下去？他只是看了對方一眼，對於要不要下去這個問題就從腦袋飄走了。

他是這群工人裡面最年輕的一個，三十歲出頭，在那些黝黑瘦削的臉孔花白的三分頭裡顯得圓潤蒼白而且乾淨，他並不瘦，但是肉鬆鬆的，姿勢節奏都比別人慢，又欠缺力道。他走路有一種提不起腳跟的味道，即使聽到伙伴們誇張的性笑話，他的臉也沒有任何表情。他和老瞎子的距離不遠，但是一明一暗彼此互看不見。

天空的裂縫已經大的像一隻睜開的怪獸眼睛，裂縫邊緣有燒焦捲曲的毛髮，深不可測的濃黑色隨時會有落下的可能。你想逃開，可是無論你怎麼跑，那巨大的裂縫總愈來愈低地盯視著你。於是你想唯一的方法是跑進地底，那應該是最安全的地方，但是在進去之前，你得先回家拿些東西，通知親友一起避難，有好多的事情要做。

老瞎子的耳朵緊貼著收音機裡完全療效的賣藥廣告，「機會難得，立即打0800000000，包你百病全消，等你喔」，這最後一句充滿挑逗的撒嬌，讓老瞎子的臉紅了一下，但是這不知是羞赧還是開心的紅就一下也就消失了。也許有人恰巧走過遮住了光，也許有車子擋住了出入口，也許純粹是太陽下山了，總之，騎樓裡光線明暗的變化無跡可尋，更何況他早就瞎了。

被放在盒子裡的集點英雄們正打的不可開交，踏實履行著童話故事裡誰比較重要的老梗。地溝夜行派強調黑暗本身無窮的力量只有黑暗本身才能對付。陽光宇宙派堅持光明定能驅逐黑暗。正義在便利商店豎起了一個一個可以販售兌換的標籤，集點愈多就有最多的超能力可供驅使，滋養著城市裡穿流向上攀爬天梯的人類。於是像老瞎子這樣的瞎子，在這個無論陽光還是陰暗都無所謂的騎樓，不斷接收各種賣藥廣告的親身見證：罹患乳癌腸癌腦瘤開刀中風心肌梗塞什麼名醫都看過都沒效後來聽我們節目買來吃就好了……。老瞎子總是可以清楚勾勒那些被描述出來的神蹟，一如他可以分辨這世界所有腳步聲裡的厭惡絕望冷淡和同情，但他不曉得上個月自己被送進殯儀館的時候，其實不用走老遠的路，只要搭捷運就可以輕鬆地回到這裡。當然，他也不曉得騎樓裡他常常撥打的公用電話在十年前就停用了。他時時守著收音機裡那些並不想假裝成真話的謊話，他喜歡這些真正的謊話，而且即使不抬頭他也清楚地看到天空的裂縫正以迅雷不急掩耳的速度擴大崩塌下來。

　　就在你無法決定該先回家拿錢還是打電話而膠佇在路口時，他已經穿上連身工作服戴著帽燈跟著另一個工人進入下水道。根據指示，他們要將頂板破損的水泥塊敲下，然後將鏽蝕的鋼筋抽出來。下水道的空間沒有想像中的窄，不過因為常常得仰著頭工作，使他的脖子和肩膀感到劇烈的痠痛，沒多久，他的手臂就舉不起來。另一個工人只好負責敲打，他則將泥塊裝入麻袋之中。下水道迴盪的敲擊聲讓他的耳朵抽痛不已，匡噹匡噹沉悶的節奏，同樣的聲音裡沒有任何暗示，這使他無法知道自己該在哪一個時間點介入。他總是無法確切的進入別人理所當然的生活模式，重複的影像、聲音把他攪進黏膩的漩渦之中，行禮如儀的招呼問好、到站就要廣播的捷運、各種語音功能的指示，他搞不懂應該在哪個部分按下按鍵才能找到一個可以回答他問題的人。這樣說來他好像是一個獨特意識強烈的人，其實恰好相反，正因為不知道自己想要或不要甚麼，所以需要各式各樣的參照。不過這個世界想的比做的多，說的比想的重要，像他這種無感無想的傢伙，自然是一個次級的瑕疵品。所以他此時忽然懷念起站在劇場的簾幕後面，等著那個關鍵的聲音響起，好及時把幕升起或落下的時刻。這個拉幕的工作沒有甚麼技巧，卻很少有人做的久，一方面是因為劇團多半是有劇本演出才組成的團體，沒有穩定長期支薪的工作；另一方面則是這個工作等待的時間漫長，升降幕的時機點又不能出錯，所以好動的、有興趣的多半就轉去幕前演戲或是學習成為更需技術的工作人員，至於純粹打工賺錢的則做個一兩次就走。可他卻做了七年的時間，幾乎成為許多劇團仰賴的拉幕人員。與他熟稔的導演舞台燈光師每每想傳授他更專業的技術或轉戰劇場裡其他薪資更高的工作，都被他拒絕了。他對於劇場以及拉幕工作毫無想法，就像他對其他的事也毫無興趣一樣，他做這個工作時因為沒有什麼事可想，所以無需集中注意力，也不覺得無聊。他習慣等別人的指令，在指令出現之前，時間是不存在的，他看劇場裡的每一個人總忙著說些什麼做些甚麼，化妝卸妝，打燈走位，他從不去分辨這些充耳的語言是甚麼意思，不想搞懂複雜的誰跟誰的關係，他們說他又放空了，其實他從來沒有什麼在心裡，他只想把時間等過去，等著，然後他就三十歲了，然後他父親叫他到親戚那裏學技術，然後他就在這裡做工。

他將裝滿泥塊的麻袋往洞口遞，接著就是拆掉鏽蝕的鋼筋，把鋼筋一根一根送到洞口，然後洞口又遞進一根又一根新的鋼筋，他在黑暗的匡噹匡噹敲擊聲裡走來走去，兩手痠麻汗如雨下，他第一次有了窒息的感覺。可偏偏在這個時候，你無暇思考他以及下水道工程的進度，你急急拉住幾個路人，要他們抬頭看看天上這巨大的異變災難，但是在你拉住別人的那一剎那，就立刻被人嫌惡凶狠的推開，你的憂懼說不出口，沒有聽眾，沒有人相信這抬頭可見的事實，於是你灰心絕望的想到世界末日就在眼前，就在下一刻，來不及了，甚麼都來不及的絕望感和焦急困住了你，你放聲大哭，被當作瘋子也無妨的完全沒顧及地點場合坐在地上哭了起來。

不管下水道裡正在進行什麼，主幹道、商辦大樓及其他等等一切如常，老瞎子紋風不動，交通警察躲在騎樓邊等著抓違規，便利商店換進一批穿制服的學生，結帳櫃台非常忙碌，無論露臉還是不露臉，不管擁有什麼特異功能，超人們一個一個被帶進這個世界，照著每個人聽來的故事和願望過日子，然後就和所有的人一樣在街道上走來走去，再也沒有人認得出他們。

老瞎子逃過各種打算處置他的方式，繼續待在原地，沒有人分的出他是睡著還是醒著。老瞎子雖然總是坐在這裡，但是他的感官長期為了辨識周遭世界的變化而受損，他曾經靈敏的鼻子被各種汽油煤油和便利商店的食物給搞渾了。本來靈活的四肢因為長期固定的姿勢而變形，至於他那張總要吃喝說話的嘴，現在也只是長時間半開著，沒有人在意它吞進和吐出了什麼。如果不是你偶然驚見了天空巨大的裂縫，你的腦海也許會有一兩秒鐘飄過關於老瞎子的疑問，例如他怎麼來的？他怎麼過活以及如何解決生理上的需求？也許有好心人和教育家會指證他身為一個瞎子理所當然要有的悲慘遭遇，從他的衣衫襤褸認定他貧病交加失親無友，好事者編的故事裡老瞎子年輕時喜歡在人群裡轉，睜著瞎的眼睛碰撞摔倒，受過屈辱和鄙夷才變得孤僻消沉。另一種則把老瞎子的年輕時代描述為充滿鬥志的昂揚階段，他努力克服自身的殘障，試圖當個比一班人更厲害的人，卻最終在感情上摔了一大跤而一蹶不振成了遊民。最被人接受的是他一出生因為是個瞎子，貧窮的父母無力撫養就把他丟棄，他在施捨和虐待中長大，智能受損，多重障礙，社會局未能有效安置，所以流落於此行乞。關於這些想法，老瞎子沒有什麼意見，他不記得任何事，只知道自己的郵局存摺裡有錢，他用完了就去領，他會拜託路過的人帶他到不遠處的郵局領錢，無論他遞出的面額是多少，無論人家找給他的錢對不對都沒關係，只要用完了就去領。

商辦大樓花台邊堆放的鋼筋愈來愈多，工人們輪番進入下水道運載出鏽蝕損毀的鋼筋水泥。連身防水工作衣非常悶熱，工人們幾乎一出來就忙不迭的脫光上衣，也許是體力大量耗損，他們彼此不太交談，只蹲坐在商辦大樓的騎樓下就著水壺拼命灌水，等待工頭的吩咐。在這進進出出的隊伍中，他始終沒有出現，至於他為何沒有換班回到地面上，是一個沒有人要追究的事。總之，他夢遊般地在兩個洞口下走來走去，手上抱著的水泥塊變成鋼筋再變成空空如也，耳際的敲擊聲從沒停過，走累了，他就蹲坐在淺淺的水裡，原本通體的痠痛和飢餓感也消失了，只有頭上的帽燈照著水泥牆面上高低起伏的的波紋不斷往前方不可見的黑暗裡去。

時間被施了魔法繼續往前走，但是24小時不打烊的便利商店是不管時間的。照理說，應該先提的是老瞎子在年前的一波強烈冷氣團侵襲的清晨凍死了，發現他的交通警察叫救護車把他帶走，大樓住戶咸認晦氣怕影響房價，所以也沒作法事。等到超人集點活動開始的時候，老瞎子正巧從冷凍櫃裡跑了出來，熟門熟路又坐回他原來的位置。交通警察看他又出現在這裡也無可奈何，只好等他又死了再說。

敲除破損與更換鏽蝕鋼筋的部分已經完成了，這將近一個月的時間裡工務車和工人們在不同的巷弄裡交錯進行著一樣的補強工程，許多你從來搞不清楚的人孔蓋被打開，抽出沼氣，敲打，置換鋼筋。只有他一直待在原來的下水道，不停的走來走去。如果他曾經關注過忍者龜的卡通，或者曾經因為排水不良的淹水而苦惱，他應該會好奇家裡面排出來的廢水是經過了怎麼樣的過程而來到這裡，如果不總在兩個固定的孔洞間飄移，試著往前面再走一點，往叉路裡跑一跑，會不會看到不一樣的東西呢？那些輪番進來敲打的人偶爾會叫他，他們說「少年ㄟ，還抹結婚鮘，有七阿無」或是「手腳伶俐點，讀冊在這沒有用啦」。他從來不回應這些話，因為關鍵詞還沒出現，他的幕不能升起也不能放下。

混凝車灌漿工程在五月的時候開始了，兩個工人著裝走進下水道，用噴管把混凝土重新一層一層的鋪成頂板。他坐在那裏看著這兩個人嫻熟的動作，一股新的味道暫時遮掩了他習慣的淡淡腐臭。水泥要一層乾了再上一層，所以工人們噴滿後就離開，人孔蓋再度關了起來。這下子是全黑了，下水道結構的補強同時支撐了路面的受力度，他蹲坐在裡面，可以感覺到車子經過時的震動。他打開帽燈，看著投影在牆上的自己的影子，這是多麼無謂啊！挖開，替換，修補，不斷重複，年復一年，乾旱還是洪水，這僅容一身站立的空間無論如何精算如何把鋼筋栓在一起，也解決不了時間帶來的衝擊，這注定了這一切只是為了毀滅而造就的過程。他模糊的記起他短暫於便利商店打工時，嘴裡時時唸著歡迎光臨，歡迎光臨是叮咚聲響起的指定配樂，那是身為店員和客人間唯一的聯繫，那是關鍵詞，他得抓住那一秒把話說出口，即使從來沒有人回應這句話，也沒有人抬頭看他一眼。

你大概是哭累了，開始誤以為那個裂縫是一種錯覺，可是你不敢抬頭再確認一次，但光線確乎是暗了下來，沒有風，一種莫名的壓力籠罩在你身上。你決定使盡力氣跑到燈火通明的商店裡，那些溫暖的美麗的櫥窗，用餐的熱烈氣氛，只要和大家在一起就沒有那麼害怕了。你蹣跚的步伐和不斷傾倒的身體在繁忙的街道上緩慢前進，經過你身邊的上班族家庭主婦和遛狗的人都沒有停下來，只有老瞎子朝你望了一望，老瞎子遠遠地跟你說，你是走不到那裏的。

該說是入夜了嗎？天空確實是濃黑了。好熱啊！這不是才過完年嗎？他在下水道裡，連唯一的帽燈都熄了。他想，如果那些劇場能多演幾場，如果他不要是三十歲，那他就一定可以一直做拉幕的工作，幕拉開，別人上場，幕降下，別人下台，他穩穩地站在幕前與幕後的縫隙裡等待那關鍵的指令，這樣就好了。至於他是什麼時候變成這樣的？幾乎所有的人都曾這麼問過。都說他不可能一生下來就在等，就這樣一事無成，就這樣不肯努力。他們以為他逃避問題，其實是他根本無法回答，因為他不太記憶，也沒有什麼可以記憶，他身邊總有人不斷說話發表意見提出規劃，他聽不懂也不曾義憤填膺的呼應，他的身體跟著他們走，做他們要他做的事，打架玩遊戲，他做這些事的時候只是習慣抬頭看著天空，雲飄過他的眼睛，鳥飛過他的眼睛，可他獨獨看不到太陽光的樣子。

下水道裡並不只有廢水汙泥，沿著這一條條密密麻麻分布於城市大樓底的管路，他不斷地走著，隔著斑駁的尚未換補的牆面，捷運轟隆轟隆的震動聲不時傳來，彷彿觸手可及，只要穿過一面牆就可以置身LED燈光燦爛秩序井然的捷運車站，但是這種幻覺不至於取代他三十年累積的現實印象，他知道要到達最近的捷運站，還有好幾公里的路程，而且他得先確認自己的位置，但這首先得離開下水道，站在寬廣洶湧人群的主幹道路面才能辦到。

騎樓下便利商店前不知何時來了一對老夫婦，兩個人對坐在巷道與老瞎子中間，他們從摩托車上搬下一個大麻袋，從裡面掏出一小盆一小盆包在塑膠袋裡的枯萎盆栽和已經褐變的水果，一張每袋一百元的紙牌斜立在柱子邊上。毫無生機和無法入口的植物和水果，打從一開始就沒有要騙人的意思。老夫婦有時靠在騎樓腳風最大的地方假寐，有時候無謂地不斷排列這些不值一文的盆栽水果，他們倆穿著老舊樸白的外套，頭上戴著廉價的毛帽，辛苦風霜的表情，非常適合商辦大樓裡進出的人群，沒有人知道這對老夫婦是何時來何時走，也沒有人計較塑膠袋裡裝著的東西是什麼，人們掏錢微笑帶走一個塑膠袋，在進入摩天大樓前就丟進了垃圾桶。老瞎子聞嗅到腐敗的氣味，他知道那不是從他腐爛的屍體裡散發出來的，他據守在這裡等著別人為他創造身世描述他樣子的世界已然逐漸消失，那新來的老夫婦準時定點的來去騎樓，那張寫著一百元一袋的招牌決定了故事的走向。老瞎子沒有傳奇的身世可以繼續，他永生不死的謎語已經破解，他從破包裡摸出十塊錢硬幣，就著騎樓裡僅剩的公用電話走去，他按下0800000000的按鍵說：「我要買，可以用前一百名的特價嗎？」

沒錯，你真的是這個世界最倒楣的人了，你原本可以跟著他走進下水道，無所謂地坐在那裏度過災難。你也可以早早跑到騎樓裡躲避大得嚇人的太陽光。但是你都沒有，你捨不得那種置身事外的好奇和閒散，因為你手裡拿著剛從便利商店買的咖啡，你正打算到銀行辦事，然後接洽一些客戶再回家。明天有一些行程，下個月去洗牙，就這麼多瑣瑣碎碎的事把你弄的煩死了。所以那該死的工人害你抬頭看到了天空裡可怕的裂縫。不過，所幸一切都過去了，老瞎子視而不見的捷運入口帶給你此刻莫大的救贖，那比下水道好多了，你埋怨自己怎麼這麼不濟，不是還有捷運嗎？天塌下來也到不了自己身上。突然鬆口氣的你肚子餓了起來，旁邊就有一家餐廳，你豪不猶豫地走進去，那濃黑破裂的天空被隔在乾淨透明的電動門外，你忘的很快，該點什麼來吃呢？畢竟我們都有同樣軟弱疲憊的身體。

風沒有來，水也沒有來，下水道結構補強工程已經全部結束。人孔蓋還是常常開開闔闔，拉電纜線的、換水管瓦斯管的，工人們閒閒聚在一起，罵政治開黃腔，檳榔汁和保力達P蠻牛在路面形成新的裝置藝術。便利商店集點活動新登場的是名牌迷你玩具車系列，叮咚叮咚，老瞎子原來坐的地方，快遞送來了一包物品，沉默對坐的老夫婦在回家前順手拎走了。至於他，他在下水道裡待的太久了，當帽燈的電源用盡，那些四通八達的水道也就消失了。他睜著雙眼看著甚麼都看不到的前方，濃濁的黑暗，喔不是黑暗，沒有光源就沒有黑暗的黑暗困住了他，這本來是一個千載難逢的機會，因為看不見所以可以任意的觸摸行走到那些他想像的地方去。但是他沒有想像的慾望，他只是坐在那裡，和混凝土鋼筋融為一體，昆蟲老鼠穿越爬行在他的身上，發出各種絕不重複的聲音，但是他等待的關鍵音始終沒有出現，事實上，打從一開始他就不曉得他等待的關鍵音是什麼？他緊閉的雙唇逐漸黏合在一起，浮腫蒼白的臉終於石化，不過他這次總算學到了一個技能，當下水道的鋼筋全部銹蝕，只有他，他相信只有他能以他的肉身支撐整個城市的地面，這是他第一次開心地笑起來，不過早已石化的臉一點表情也沒有。

城市的乾旱已經持續了很久，每天一早要命的陽光就曬融了新新平坦的柏油路面，喇叭聲哨聲此起彼落，缺水警報跑馬燈24小時播放，大樓裡水龍頭還是嘩啦嘩啦的開著。沒關係！颱風季就快來了！就等著，應該要不了多久。他端坐下方，聽著鋼筋銹蝕的聲音，大水在遠方，也許來，也許永遠不來，沒關係，總是可以再修補的。

（獲2018年教育部文藝創作獎小說獎）

期 中 預 警 通 知

事情發生之前

我叫張商英，是一所國立大學剛升上大二的學生，主修……嗯……嚴格說來沒有主修，雖然系上的課程有中國史世界史台灣地理世界地理憲法經濟學以及什麼移民社群普查之類的，但是我在大一的時候上的都是通識課，所以，除了見過幾個外系的老師，我對自己的科系實在一無所知。當然，這是指今年七月以前的事，七月放暑假開始，到現在，應該是十一月了吧！我都沒有到過學校，按理期中考已經考完，不過我並不知道事實究竟是怎樣，事實上又有什麼事實是可以確認的呢？好比我現在住的這棟公寓，據說有五十年了，房東把一層樓隔出了八間單人房，月租八千元，房東說：你們雖然不是唸台大的，住在台大附近也可以沾點光。我的學校離台大有兩百分的距離，但是距離師大夜市很近，我比較喜歡在師大夜市混充師大的學生，到台大那就比較危險，我高中同學考上台大的告訴我，他們一眼就看得出誰是真正台大的，誰是自以為是台大的和以為可以攀上台大的。我現在大學的同學裡有一個叫劉台達的，新生訓練的時候老是問別人學測的成績，然後就很憤恨的說他的分數比我們多了五十分，要不是為了這個公費名額，他是打死也不會來讀這間爛學校的，所以據說他常常去台大旁聽，而且跟台大的學生混的很熟。關於劉台達我也是聽說的，我跟同學和學長姊們也不熟，而且不熟的程度就跟和台大不熟一樣，我進了這所大學，乖乖上了兩學期的課，然後又乖乖地繳了學費選了課，卻再也沒踏進那個校園。所以，我什麼都不能確認，要不是我收到了學校寄來的期中預警通知單。

我的公寓是這棟老建築的四樓，打從今年七月起，八個單人房就只有我一個人住，雖然明明還有一間是有人租的，但是這位房客上次出現的時候已經距離現在有七個月，房租不但沒繳，房裡還塞得滿滿的又皺又亂的紙，當然，這是房東轉述的，房東每次提到這個房客就充滿愛恨矛盾，他總說：我一定要罰他十倍的房租，但是當他看到空蕩蕩的六個房間的時候，他就會說：這個人以前都準時交房租，人還算不錯，不像你。房東說我一定是個帶煞氣的，他從來沒有遇到出租率這麼低的，為此他還想調高我的房租，我跟他說我爸媽說我唸的不是台大，所以只能租八千塊以內的房子，如果我成績好轉成公費生，就讓我租一萬元的房子。房東非常不高興，所以就把其他六間都上了鎖，而且拆掉了所有的廊燈壁燈，只留下我那間房的一盞二十瓦的日光燈和廁所燈。不過我不是很在意，這樣一來這就真正是我的公寓了，晚上只有我的房間和我的浴室可以亮燈，除了繳房租的時候，就只有我擁有這層公寓的鑰匙，我可以光著身子走來走去，在陽台吃泡麵，把寫著救命的紙條從鐵窗丟出去，每隔一段時間，我養的那一缸魚死掉了，我也會把牠天葬，直接扔給一樓牆上每晚發春的貓吃。

自從我沒到學校之後，我所認識的人就只剩房東了，房東是一個中年男人，很胖，聽說有好多跟這間房子一樣的出租公寓，他沒有結婚，每次收房租都跟他媽媽一起來，媽媽非常瘦小，嗓門很大，老是指使房東做這做那，卻從來不理我，我猜這些房子都是房東媽媽的，房東媽媽買這些住著老人的老舊公寓，料准大家沒法搬家改建，不修不理，隔成鳥籠租學生。所以我一樓鐵門裡的信箱是壞的，信箱門片和信箱完全分離，而且像人被車子從肚子輾過一樣，中間都碎了膝蓋還高高舉起。以前還會到學校時，出門前我都會把這塊鐵片壓進信箱裡，放學回來，鐵片就會跟一大堆廣告飛散在地上，我總是把它拿起來再塞回信箱，任那些沒有收信人的廣告像屍體一樣繼續待在地上。不去學校以後，我終於知道鐵片是什麼時候被從信箱擠出來的，發廣告的人都在九點以後出現，那時候上班買菜的都出門了，巷子很安靜，做完運動的老人大多在家看電視玩股票，所以發廣告的就可以大把大把地把傳單塞進一個又一個信箱。接下來，是兩點左右的郵差，天氣好的時候會更早，十二點就來了，天氣太熱或下雨的時候，就會拖到四點才來，這中間發廣告的會來兩次，不一樣的人，同樣都是一把一把塞，然後是送晚報的，五點左右，不過那塊鐵片一天只會掉下來一次，除非有鄰居把它撿起來塞回去，那往往是真的有信寄來的時候。

我收到期中預警通知單的那天，鐵片掉了三次，所以我拿到的通知單上有幾個很黑的腳印，寄通知單的是台灣鄉野調查課的老師，我不記得這學期選了什麼課，就是打開電腦點進學校教務系統，把點的進去的課點了就行了。也許點了十門課吧，只有這個老師寄通知單給我。預警通知書這種東西，是一張A4裁成一半的紙，顯然另一半被當成收據之類拿走了。紙上的格式是打印好的，只有幾句是那位可能的老師手寫上去的：

期中預警通知單			
系級	××系二年級	姓名學號	張商英　9706205
課程名稱	台灣社群鄉土調查		
事由	藐視師長，欠缺學習能力，品行不端，未積極參與課程活動。		
教師	賴榮榮	寄發單位	××系

我的學校是一所百年的學校，據說一直是培養老師

的，所以學校的想法以前是：能考進來的學生都是極優秀的老師。現代的想法是：願意考進來的就要教成優秀的老師，雖然這些將來的老師根本無法當老師。所以期中預警制度據我猜想，可能是要任課老師在期末當掉學生之前，讓學生有心理準備，以便給予自新補救的機會。這就是教育愛，不以當掉學生為目的。我之前在新生訓練好像聽教務長說過。那時候我沒有翹過課，雖然還是有兩門被當掉了，不過我弄不清楚不想當掉蹺課的和當掉不蹺課的區別。

我沒有去上課，這是事實。不過，當我用這個詞的時候，我們都知道要開始小心，因為「不過」這個詞的後面就是要推翻前述而設的陷阱。但是我即使去上課了，還是會被老師認為「藐視師云」，所以「藐視師云」是指讓老師認識？還是讓老師記得？前面那個，就算我天天去上課也不可能做到；而後面那個，這張通知單就已經說明我被老師記得了。

搞不懂為什麼新學年的開始都選在九月而不是在春天，大家不是都說一年之計在於春嗎？但是二月開始的是下學期，如果上學期撞上了狗屎運，那一年的開始就正好是命運終結的時候。不過開始就是結束，結束就是開始，下就是上，上就是下，這還滿有點哲學意味的。當然，我既然都沒到學校去，這哲學意味的話就不會是我的師長告訴我的，而且我整天都在陽台上看風景，自然也不會看甚麼深奧的書。這個道理是小廣告訴我的。

事情發生以外的事

小廣是每天發廣告傳單的三個人中的一個，他都是在下午一點左右出現。戴著一頂那種歐巴桑和採茶阿婆一樣密密封著臉大寬邊娘兒們的帽子。我一開始以為他是個女人，一副粗短的腳和啤酒肚接在繫著絲帶大寬帽的下面實在醜的離奇。他不像其他發傳單的人總是走得很快，從巷口轉進來的時候，他挨家挨戶總要停個一分鐘，磨磨蹭蹭，有時還會停留更久。我和他打照面可以說是天意，照理說每天光著身子在屋子裡閒晃的我，穿上衣服走下樓梯的機率實在很小，可我和他的緣分就是這樣，那天我突然鬼饞的想吃滿漢阿Q桶麵，這才穿上衣服下樓，信箱的鐵片當著我的面掉了下來，一隻手跟貞子一樣從箱口伸了出來，不過這支手跟我點了個頭往下一扣就把信箱裡剛送來熱騰騰的信給抽走了。我靠近信箱盯著這隻神奇的手第二次伸進來，然後小廣的眼睛就和我打了照面。

相逢就是有緣，失風被抓他竟然沒跑，小廣好整以暇地靠著大門等我出來，我本來想裝做啥事都沒發生地從他眼前走過去，他卻反而叫住我，說：「你是四樓的那個光屁股鵪！被學校通知了喔」。你猜得沒錯，看到這裡，你應該明白小廣和我的那封期中預警通知書絕對有關係，而且這其中一定涉及了某種陰謀秘密。我決定不表現出我的驚嚇，只用眼睛狠狠地盯他，可他一點都不受影響，淡淡地從嘴巴裡吐出幾個字：「放心，這科當不了」。

接下來的發展就依照灑狗血連續劇的橋段，我和小廣聊開了，一見如故，他知道我叫張商英，我叫他小偷廣簡稱小廣（發廣告傳單的），我陪他繼續一戶一戶偷信，他陪我去買滿漢阿Q桶麵。就是他跟我說，下就是上，低就是高，什麼都是一樣的，當然偷和拿也是一樣的。

阿廣的老闆是一個非常精明的人，據阿廣說他可以知道誰沒有把傳單挨家挨戶地塞進信箱，而且非常清楚他們有沒有確實依照路線去發完。他說他剛進這一行的時候以為隨便把傳單塞到幾家或丟進垃圾桶就好了，沒想到第一天算薪水的時候連一毛錢也沒拿到，他原本猜想老闆一定是在他的後面跟蹤才知道他偷雞摸狗的事，但是想一想也不對，老闆手下十幾個人都負責不一樣的區域，說是跟蹤應該不太可能。「你知道嗎？老闆不是跟蹤我，他只要騎摩托車把每一區逶一遍就知道了」「這麼簡單？」「就是這樣，你不是看過信箱上插的傳單從來沒有完全塞進去嗎？這是工作標準流程，老闆掃一眼就行了」。我還是不太滿意這種說法，果真每天騎摩托車出巡也不是輕鬆的事，小廣說老闆也不必每天出來巡，因為廣告主自己也會去看。比較麻煩的是，有很多住戶會把傳單抽出來直接扔在地上，如果數量太多，我們就會被扣錢。所以，小廣說把信塞進去的長度有學問，要讓傳單從外面不好抽出來才行。我想小廣一定是把這套手法練到爐火純青，才能在塞進廣告傳單的時候抽出信箱裡的信件。

不過，偷這些信要幹嘛？小廣說你一定想不到有很多人為了省一點郵資就直接在平信裡放錢的吧！而且有好多人做股票，每年股東會紀念品領起來也很可觀。小廣說多到自己都用不完，問我會不會網拍？我跟他說我沒去學校後就沒用筆電，可以拿出來試試。小廣問我幹嘛交了學費不去上課？我問他幹嘛想盡辦法找到工作又偷雞摸狗？他說那不一樣，拿錢給別人要賺更多回來才行，向別人拿錢就要愈省力愈好。錢可不是上下高低一樣的事。「那書念好就是賺多回本嗎？」「傻子」小廣說誰讓你交錢去學校念書了，去學校是要賺錢的，看是要賣還是偷都行。

我在老公寓孤芳自賞的日子因為小廣的緣故有了些改變，他挑了一間被房東上鎖的房間，找來一張梯子，爬過高高的木板隔間，從裡面打開窗子，此後就爬進爬出住在裡面了。房東每次來收錢的時候看門鎖沒開就很放心，還稱讚我說你這個衰鬼沒本事唸台大，至少還算規矩。房東不知道那間上鎖的房間裡堆著一大堆小廣的贓物和垃圾，後來小廣索性把每個房間都用上了，只把通道保持暢通。小廣的東西愈來愈多，開始漸漸地擺進我的房間，老實說我並不樂意，但是刻意把自己的房間鎖起來好像也說不過去。

不知道是不是秋天近了，小廣住進來以後我就不太光著屁股在屋子裡走來走去，怕冷。圍牆上那些貓也變少了，日子又回到無聊的狀態，但是和之前的無聊又有點不一樣，雖然小廣說那科當不了。其他科呢？沒發預警通知的科目是怎樣一種情形？我第一次想到被退學這件事，可那應該是早就決定好的事不是嗎？我自己也弄不明白不去註冊沒有學籍和決定被退學有什麼不一樣？偏偏大費周章註冊選了課又不去上學而已。

和事情發生有關的事

嚴格來說，我唯一一年實體的大學校園生活啥事也沒發生，但還是留下了一些莫名其妙的牽扯。我之前提到過我沒去上課的班上有一個叫劉台達的同學就是。自從和小廣在一起後因為比較常出門，所以竟然遇到了劉台達。老實說我已經不太記得他的長相，但是他老揹著一個建中書包上面用簽字筆鬼畫符地寫著台ㄉㄚˊ就讓我記起來了。我本來還有點擔心跟他打照面時要怎麼辦，後來才知道根本就不用擔心，劉台達走路的時候頭都是向上仰著，像是要接雨水的姿勢，一副別人都盯著他看的神氣。他完全沒發現地走過我身邊，然後在我的老公寓快要到之前進了一棟對面的公寓，原來他就住在我斜對面的房子裡，我忍不住啐了一聲，老子天天在陽台看貓發春，竟沒發現這同學是鄰居。

劉台達也住四樓，他那棟公寓比較貴，是有落地窗的那種，自從我遇到劉台達，每天晚上就不開燈站在黑黑的陽台上看著劉台達抱著那個噁心的書包在書桌前發呆。劉台達的生活蠻規律的，他洗澡的時間是固定的，每兩天洗一次頭，擦頭髮的毛巾從來不洗地披在椅背上，早上七點半一定出門（我奇怪他怎麼有這麼多課要上），出門前會在頭髮上抹東西，照很久的鏡子，衣服就那幾件但是每天都挑很久，書包裡其實沒放甚麼東西，他把書抱在手上，和高中老師說的老掉牙故事裡文藝少女抱書走路的樣子如出一轍。

也許是因為我的老公寓被小廣的垃圾弄出了些不太好聞的味道，也或許是劉台達這個怪胎太惹人厭了。我有一天起了個大早跟在他屁股後面看他到底在做些甚麼？

劉台達的一日路線是這樣的：他背著書包搭公車到台大，從椰林大道往裡走繞過文學院00湖操場從新生南路的側門出來，一路上他都主動跟迎面而來的陌生人打招呼笑容可掬。約莫九點他搭上另一輛公車到我們學校，進到系上的教室，我的同學們各自散坐在靠窗的角落，沒有人跟他打招呼，當然，他們也不知道跟著劉台達走進教室的我是誰。上課鐘響，一位男老師進了教室開始發應該是之前繳交的報告，全都是常聽到不知是誰的菜市場名字，裡面沒有劉台達的，但是卻有張商英的。

老師喊了兩次張商英說張商英沒來嗎？誰幫他把報告拿回去？我看大家並不理會就站了起來跟老師說我幫他拿回去。老師說：記得提醒他別翹太多課，雖然我並不喜歡當人。就在我往座位上走的時候，劉台達舉手了，他說他沒有拿到報告。老師說有交的全部發回去了，你叫什麼名字？劉台達說我是準時交的，老師說他沒收到。劉台達幾乎要氣哭了，他說他絕對有交。老師說那你再補交一份。「我明明有交，為什麼變成補交？」「就已經給你機會補交，你自己決定要不要交」劉台達忿忿地看著其他的同學，大家鴉雀無聲，沒有一個人能證明他確實交了報告。我開始有點同情劉台達了，他都準時到課交了報告，可還是等於什麼都沒有。

接下來的兩門課劉台達都乖乖地上完了，雖然他上課的時候常常靈魂飄到窗外或是閉上了眼睛，但是比起其他玩手機聊天吃東西的同學要老實多了。這些老師我都不認識，連課程名稱都不清楚，其中一位上課內容有許多專有名詞和一些笑話，課堂氣氛沉悶。另一位大談教育翻轉也是不知所云。劉台達竟然能夠平平常常的把課上完是很讓我訝異的。午餐時他到學生餐廳吃麵，我故意坐在他對面，他頭也不抬正眼都不瞧我。我說：「同學，我們好像都修一樣的課」他不理我。我接著說：「我有到台大旁聽喔！」他眼睛瞥了我一下，臉上有種故作鎮定的驚喜，我說：「這學校爛透了」，劉台達就開始視我為知音滔滔不絕地說他是如何委屈比別人高了五十分還是念一樣的學校，然後又說台大的學生都認識他跟他很熟，台大的圖書館實在太棒了……

我離開學校的時候校園裡新擺上的黃色造型路燈亮了起來，那些不斷與我錯身的面孔像水缸裡的魚有著自由自在的疲憊，每個人的臉都有被黃色燈光切分成柔和美化的額頭和頸部的陰影，在四周浸染的黑暗中決不與人接觸又同樣面無表情地往校門外流去，那些低矮的圍牆早就沒有困住任何人的能力和意圖，圍牆裡那些品格道德思想的指標早就替換成職訓技術就業優先的看板，各式推廣教育廣告，以及i-voting課程數位學習塞滿了空蕩的教室，整修漂亮的操場就和KTV電影院百貨商場餐廳一樣，老師們彎下九十度的腰，歡迎光臨，請為我們填寫滿意度調查，永遠以客為尊。劉台達認為只要上了台大這些不如意的事就會自動消失，但是哪有沒顧客可以存活的商店呢？我付了錢，所以我當然可以不來上課，我付了錢，小廣說，就應該要拿回更值錢的東西，我手上那份不是我寫的報告是不是更值錢的東西呢？被遺失了報告還乖乖去上課的劉台達和我到底一不一樣呢？

事情是這樣的

小廣說他非常確定偷的信裡面並沒有劉台達的期中預警通知，「所以，劉台達一定會被當掉」小廣下了結論。小廣五短肥大的身材正擠在我的椅子上，「你覺得我是揍人的還是被揍的？」我看著那頂老太婆遮陽帽說你一定是被揍的。哈哈哈，小廣說大家從不處理有問題的人，而是處理沒有問題的人。所以揍人的會一直揍人，被揍的會被處理，直到他把被揍這件事當成是自己的錯覺或自己犯了錯，事情就解決了。你不是收到期中預警通知嗎？那就表示他們不敢處理你，劉台達沒收到期中預警就表示他會被處理，殺沒有反抗力的人是不用先通知的。

小廣邊說邊用手指頭挖了一團鼻屎，順手黏在「我的」那份報告上。我沒有打算追究這份假我之名寫出的報告是出自何人之手何種動機？因為這些被電腦繕打，從網路上擷取拼湊的文字沒有被辨識的可能，這份報告不過是其他報告的重組而已，至於為何要用張商英的名字交出去，那說不定只是一種實驗，好比他以前曾聽過高中老師說過的一篇小說一個叫做老大哥的極權組織為了檢查人們的思想是否純正，刻意將組織的謊言露出破綻，男主角的追究和求證，正好提供了組織誘出並清除思想不夠純正的異己者。張商英交出的報告，也許是一個集體謊言的誘餌，某些同學想試驗一下老師給分的標準、有沒有真的看報告？又或者如小廣所說，這份報告是老師寫的，為了取消當掉張商英的可能。當然這份張商英的報告也可能是另一個同名同姓的人傳遞錯誤交到了老師手上。但無論是哪一種狀況，我選了課，名字在點名簿上，我就佔有一席之地，可以財大氣粗地要回更多的錢。

今年的秋老虎持續了很久，眼看一年就要結束，巷子裡定時出現的老人少了，不定時出現的救護車多了。信箱鐵片照樣掉在地上，房東還是沒租出其他的房間，為此他要我直接把房租滙給他。我和劉台達沒有再碰面，雖然我仍然每天在陽台上看他不斷重讀那些考大學的高中課本，老實說沒有人知道劉台達是不是建中畢業的，是與不是也沒有什麼不一樣，想要建中還是台大買個書包就行了。

比較讓我煩心的是小廣在短短兩個月製造了巨大的垃圾，它們塞滿了每個房間，我被迫睡在走道上，但還是無法隔絕濃烈的臭味和蟑螂。小廣回來的時間愈來愈少，在學期就要結束前他就徹底的消失了。現在我對滿漢阿Q桶麵失去了興致，偶爾翻閱垃圾堆裡各式各樣的傳單打發時間。我也認真想過要實踐小廣的理論回學校賺錢，把同學帶進老鼠會就是一個不錯的點子。但是我總是想著，卻完全沒有一點行動力，這個安靜暮色充斥的老社區有一種魔性，把甚麼都往下拉，沒有一點勉強，而是讓人心甘情願的往下沉。這裡偶爾會傳來鄰巷小學裡校長的精神訓話，向上的力量，「我的」報告偏鄉經濟與兒童學習意願調查裡說只要通過社區營造集體力量活絡偏鄉經濟就可以使那些弱勢兒童隔代教養雙親失業失能失智家庭的兒童有學習的時間和動力，經濟→學位→能力→品格，校長透過擴音機的聲音變的非常不真實，而且一下子就被緩慢疲倦的步調、輪椅上沉默萎閉的老人和外傭哇啦哇啦的聲音給稀釋了。

收到期中預警通知好像是很久以前的事，為什麼我不是那個需要被處理的人呢？難道只因為我徹底地不在乎違反規則？或者只是被誤以為不計較代價？那些準時或遲到偶爾還是會出現在課堂的人，是不是暴露了自己的需要和把柄，所以被圈捆在圍牆裡而不自知。但是有一點我是可以確定的，那就是這棟老公寓和小廣及我的垃圾正緊緊圈捆著我，而且在農曆過年前，我收到了下學期學費的繳款單。有一點小廣猜錯了，劉台達沒有被當掉，只是學期分數比我低罷了。你知道我怎麼知道的嗎？當然是從劉台達的信箱裡看到的。

早安

早安！嗯……最近我又一次看了小津的早安，有二十年了吧！那時，我剛認識你，剛在一起，剛剛打算有許多的不熟悉，而且同時看了黑澤明。

其實，那時候小津看的沒有黑澤明的多，除了秋刀魚，我才開始習慣他那些固定演員說話的腔調，淡淡的，有點個性不明，有些壓抑沈鬱，有點無奈，但彷彿一切還好。像一杯白開水總是無法讓人想太多，所以需要黑澤明洪水般湧來的亂，偏執的夢耽溺我一個個圖書館裡的夏天。

後來慾望城國被吳興國搬上舞台的時候，已經離我的黑澤明時期有十年之久。電影中鮮豔豐富的色彩，旌旗、和服、戰甲、武器和無處不在的鮮血，繽紛地繪成黑夜，暮色裡被兒子奪權逐出的老王面對著昔日侵奪之城的城主之女，夜色，濃厚的一筆一筆疊成了頹圮的城牆、荒草以及全盲的黑暗。那種黑，在二十世紀的華麗舞台上，精緻狹窄，因為試圖點燃一盞燈，黑暗變得更為沉重而使人遺忘。

每個人都曾在黑夜行走，卻渾然不覺身在黑夜。並不總因為都市的霓虹燈和嘈嚷的人群，川流車燈裡也許我們蹲踞其中，或是在車裡或是在車外，除了道路所連接的兩點之外，什麼也不掛心，所以我們無暇記憶窗外的季候便沉沉睡去，如夢醒般遊歷著白日的夢魘。然後我想起第一次看小津，第一次的早安。黑漆漆的放映室，小津用早安把樓外的陽光引了進來，三姑六婆穿門踩戶用早安開啟一天的閒話，而閒話總攸關現實，她們精神飽滿，有嫉妒尖酸的媳婦、有磨刀氣勢逼退野蠻推銷員的婆婆、有溫柔賢淑的妻子。當先生孩子踏出家門，這窄窄的穿堂就成了女人們盡情吆喝搬弄的領土，在不斷流淌的各式後門是非裡，每一個女人都擄獲了一些秘辛，可以在晚飯的餐桌上張揚地和其他人建立關係，同時激勵衰萎丈夫的鬥志。

我在小津的電影裡見不到暮色，雖則他電影裡的中年男子總沒有昂揚的精神，只是文質彬彬地沉默退居為一種存在，但也許是女子活潑的微笑、熱鬧的流言，在一式的喔嗨呦聲中，爆起一束花火清清亮亮吹的人神清氣爽。小津描述了我十六歲到十八歲的某些日子，正好是忙碌的高中階段。那時節清晨四點半起床趕六點的專車到校，從家門到候車處有十五分鐘的路程，每每小跑的踏上無人的紅磚道，會清楚地感到腳踝和膝關節叩叩的聲響，微微緊繃的神經像三姑六婆那聲意圖不明的早安，讓人不得不從昏昧的依戀裡集中精神應戰。

情感的啟蒙也在那個時候，當然，你明白我說的情感指的是男女之間，一個或兩個男孩戴著大盤帽站在車牌下或坐在車廂裡，有意在你低頭的時候把眼睛千山外水的跋涉過來，讓你的背脊發涼臉頰潮紅，不敢回望的扭捏羞澀其實有許多的掙扎，我總選擇穿堂行走，在不得不錯身的轉彎迂迴中，用冷淡快速的行走留一種緊張的激動呼應那種吸引。這種耗神的戰鬥因為不會成為家人晚飯時的話題而愈顯奇趣，沒有戰利品可供展示並不意味著戰敗，而是戰線的延長，在攻防揣測進退之際，我們才可以面對每天黑板上距離聯考的數字，和同學取鬧玩笑的談著毫無起色的成績。隔著教室的牆、一個一個被分割斷裂的時間、不遼闊的操場、圖書室、蒸飯間，為了不期而遇，我們散漫行走仔細追尋，如獵狗聞嗅想像捕捉，只為了一秒鐘的眼神和接踵而至的挫敗沮喪。

其實三姑六婆並不是那麼不堪的，她們只是太過真實，以至於相信了想像並無逃避的可能。我的青少年時期需要三姑六婆愈挫愈勇的鼓舞，要有她們那種隨勢而轉果決俐落的風格，否則我將耽溺想像，在人潮的湧進處成為岸上唯一乾涸卻不渴水的魚。因此我想起小津和黑澤明同樣的地方，那就是想像的出口。

七個夢裡有一段關於日本在二次世界大戰功過的重新詮釋，死亡的士兵從死亡裡走出來，描述了菊花與劍的理想，隔代之人聽他們的悲憤與意志，儼然有為帝國侵略辯護的味道。但我看著黑澤明老耄的眼睛所注視的，其實是他自己的夢想，一個老人求死的渴望。生命重新走來，除了傾聽，誰也無能為力。所以一個夢通向慾望的出口，不是醒著還是睡著的問題，是置身事內的平靜，那不是終結一切的死亡所賦予，而是開啟一切的死亡所凝聚。黑澤明不斷訴說的其實是一個不斷歷死的經驗，在亂裡變成了逆弒與生路的宿命。日神幻覺的和諧與秩序其實是酒神的技倆，意志創生一切包含毀滅，涉足權力、情愛和生命本身。小津知道想像是意志的真正力量，所以他捨棄人類沉重的歷史，選用了普通的人生，幾個小男孩喜歡看電視、吃浮石、相信成人們的胡言亂語也相信飛翔。生活裡任何一個人都有權力隨時阻礙他們的想望，可是他們的早安充滿情緒，真真切切展現了苦惱憤怒與歡喜。所以小津不讓他們孤單，哥哥旁邊有一個鸚鵡學語的弟弟，拒絕說話的堅持凌駕了歷史以及現實的一切。

二〇〇三年再看小津，我已經四十歲，中年的暮色開啟理應貼近黑澤明，奇怪的是：這次我看到了小津是如何通過男孩來寫邊界，未老的邊界、夢的邊界。雖然許多人對中年的界定有不同的意見，但其實中年不是一種界定，中年是一種想像，被感受過早的引發被時間過晚的終結。回顧自己年輕時的感情似乎是無可免除的一項功課，回顧不過是想像的變身，是戴上眼鏡穿著西裝的超人。但是在回顧之際，才發現自己已然變身，變的比年輕時更無可救藥的理想主義與固執。

如果你我還能重逢，二十年後的今日，你該如何追溯我在你記憶中的影像？我曾試著想像追溯你的神采，卻完全徒勞。問題不在情感的深刻與否，而是真正在生活中存在經歷過的必然要消失。你不是一個女孩年輕時所憧憬的對象，你只是一個和女孩一起經歷一些生活的他者，這些生活因為斷裂破碎，所以無法拼湊出任何一種完整的感覺。你不是可以在心裡隨著歲月變形永踞首位的神，而是瑣瑣碎碎漫不經心無可無不可的垃圾桶，得等到房間充斥著垃圾無法行走，你才會幽靈般地展現你那虛無的身影。對於已經欠缺的，中年便更堅持，對於已經失去的，中年便更沈默。所以當早安男孩對父親說：大人們還不是都在說廢話，早安，天氣，你好，都是廢話。的時候，我怵目驚心地看到了邊界，一個夢經歷了太久的等待，終於因為實現可能的愈漸渺茫而愈為失控。現實已經在中年壘起了拒馬、探照燈和充電的高聳圍牆，另一邊的夢卻不斷增長向牆內招手。離開你之後，有很長的一段時間把愛情當作是生活的干擾，相過幾次親，認識了幾個符合社會認知的適合男子，但幾乎同樣沒有交往的無疾而終，奇怪的是，竟沒有一絲絲的悔恨或不捨，連遺憾都無。愛情明明就是男孩心心念念的電視機，可以為它和所有的人對抗，但沒有它，卻還是能吃飯睡覺的把日子過下去。

中年的邊界不存在追悔和追求，中年只是靜靜地立在那兒，看著夢與現實如何推擠勢均力敵，我於是明白了黑澤明勾勒篡奪王位的長子，不過是一個中年危機。他厭倦了僵立尷尬的無能，決定投身過去還是未來的想像以便毀去現在。但是他不知道，中年所畫出的邊界，不是年輕與年老，而是死亡，一旦離開它，我們只剩下遺忘以及被遺忘。

一九八四年的秋天來得早些，清晨山霧迷迷從尋夢溪畔雲起。我提著一套燒餅油條，走過開始轉紅的楓樹，沿著斜坡兩旁的芒草流落到你的桌前。桌上空闊，你在床上不曾聽聞我開門的聲音，我走我來又走，只紗窗上麻雀跳弄，拾級而上，早秋的風把孤獨漲的圓滿了起來，並不期待什麼的理所當然的夜，早安便輕盈許多。但也許是因為那個年紀，熱烈的總在彎彎曲曲的迷宮裡奔跑，惶惑還是有的，恐懼則還很遠。這像極了小津電影裡的少女，嫻靜悠遠的望著世界，包容著衰老的父親，失業的情人和無理取鬧的小外甥。並不精明的適婚女子，還沒從婚姻中砥礪出鬥志，又被社會規則過早地給定了一個目標，婚姻，小津電影裡年輕女性一再延遲的歸宿，衰老男性一直冀望的重生，不知怎地，老是缺少一種乾脆，不慍不火，總要面面俱到曲曲折折讓每個人都點了頭，這才放手讓她掉到那個大家精心規劃的陷阱裡。要從不複雜的遊戲裡玩出興味就特別顯的艱深，小津不像黑澤明把心機復仇全畫在女性的那臉濃妝上，爭強鬥狠豔冶撩人，黑澤明從女人看到男人的慾望，而小津，從女人看到了男人的脆弱。

從一開始，我便避談我們之間，實則，除了書寫的此刻，我們之間毫無關涉，但是總要交代些什麼，例如男人與女人之間為人人所揣測或談論的部分。

我們相識在一九八三年的秋天，這個時間點從歷史上來看，男人會說是政治解嚴前三年，是當兵或退伍的紀念日，是某種重大信念成毀的日子。但於我，不過就是一個理所當然的秋天，沒有相遇一詞強烈的宿命，也沒有慾望和想像。這樣一種一開始就非常小津的相識，也許說明了我們之間自始至終的不置可否。說不置可否好像有點絕情，對於社會認定的情侶關係來說，不置可否像是早夭的愛情，未生即毀。可我們確確實實交往了三年，認識了彼此的朋友家人，並且不反對也不預定地往婚姻的道路前進。

我的黑澤明時期意外的開始在這個階段，亂的絢爛與夢的隱晦，橫斷了現實裡規則騷動的視野，那時我總在課餘躲在六樓的閱覽室，從憑窗的蒼涼中想像黑澤明因為孤獨的徹底對死亡所展現的熱望。孤獨不是課題而是一種狀態，像從天而降的炭屑隔絕了自身和繽紛世界的聯繫。黑澤明電影在我們愛情關係上的意義是延遲，延遲對孤獨的判斷，延遲對重生的恐懼。就像那時我經常做的一個夢，夢在浴室淋浴的我，清清楚楚諦聽見逐漸迫近的腳步和急切拍擊的敲門聲，浴室的磁磚霧氣蒸騰，鏡面不見自己，我遂得以從容詳細的擦洗身體。不用打開那扇門，也許是孤獨最大的意義。

二十二歲來臨之前的大學生活，除了黑澤明，我還耽溺在張愛玲與金庸之間。和一般人閱讀的序列相反，七〇年代末期高中生必練的武俠金庸與科幻倪匡，我直到大學才接觸。而為聯考苦迫的高三時期，卻反而投身於少年維特與林太乙。對愛情過早的唐吉訶德化，似乎注定了情愛追求的永恆虛無。當時金庸因鹿鼎記的政治嘲諷處於禁書之列，系上圖書館唯一的兩套金庸全集，永遠輪不到自己的手上，於是在那個男生不准長髮女生不准染燙的髮禁時代，每星期六總有一台小發財車來到校區，為中文系的學生打開黑色布幔後的另一個禁忌的世界，魯迅、茅盾、巴金取代了解嚴後一再重述的二二八，與課堂上激情辯論的王禎和、黃春明、宋澤萊、白先勇、王文興形構了一個個斷裂錯綜的迷離時空，張愛玲與金庸正是這個時空的邊界，一個導向超越一個導向深淵。

我們的愛情，或者說你和我的愛情在黑澤明時期塗上了奇異的色彩，張愛玲從黑澤明的壯烈裡減了顏色，站的遠些卻把愛情寫成了自作自受自燃自滅的空乏。金庸把黑澤明弄得更燦爛，在神鵰俠侶給一個和權力一樣令人墜身無悔的夢囈。我們的不置可否在夾縫裡移轉探索，因而延長了道路。

所以，當那一天我們來到那個彈鋼琴的女孩家作客時，小津便赤裸裸地站出來，一聲早安雷霆萬鈞，我回頭望向窗外那個沒有雲的陽光刺眼的下午，掠過琴聲與你眼神專注著的女孩背影，一個諦聽了三個小時的獨奏終於找到出口。沒有比這種結束更平凡的結束了。琴韻一直是我們之間最大的欠缺，黑澤明盤據太久的視覺影像與文字堆砌的世界，不敵孟姜女一聲哭喊便整個坍塌粉碎。世界遂又回來了，從不置可否裡又回來了。

九〇年代，我並沒有迎接新世紀的期待而是開始世紀末的清除。現實已不是校園裡談論的憤滿，它擁擠不堪，充斥著假面的告白和各種虛無的關係。我尖銳地異化成一隻聽音辨位的蝙蝠倒掛在漆黑的山洞裡，隨人聲的波紋震驚惶惑並無能地赤裸於陽光之中。事實上，我必須承認我就是在這個時候通過徹底的遺忘將你拋棄的，沒有殘留物地把自己重新裝潢成一座空屋，空屋裡不時湧進一些參觀或暫憩的人，他們相互黏貼，在碰撞剝離之後各自在身上留下一些別人的血肉或碎屑，同時也貢獻了一些給別人。於是這間空屋裡，開始聽到兩種不絕的呻吟聲，一個不斷叫喊著多餘和丟棄，一個不斷祈求著給予和填補。小津和黑澤明在想像中離開了我，卻真實地轉進生活之中。

不太憶起什麼的這個由青年到壯年的時間跨度，嚴格說來，陰影籠罩卻無暇孤單。我不再喜歡黑澤明電影中那些鎔鑄著櫻花意志的武士，死亡在年輕的生命上開出美麗的花朵，但是老啊！是生命的醜惡，是煉獄的苦刑，燒灼男子手中的權杖，而尤其不能忍受的，是權柄一如愛情。黑澤明細看女人卻從不正視女人，被華麗喧囂的旌旗所遮蔽的女子顏色，意外地成為點亮王冠的珍珠。小津也喜歡說老，不是咄咄逼人的，而是沈默地勾勒它的型態。我在黑澤明時期總也不解的灰暗酒館，原來遮蔽了男子灰敗的臉色，斑駁的白髮，和交出權柄的抑鬱消沈。小津的老，是生的罪孽，是無常的苦行，從家庭流轉到職場，從職場流浪到酒館，循環往復，這個權力的道塗，遲早都要顛躓卻不得不走下去。父與子蹲坐兩端，老啊！超越了死亡搶先取走了一切。

我很慶幸我們的愛情還來不及老就結束了。它也許是一幅匡畫著沒有色彩沒有表情的素描，在記憶的牆上逐漸模糊，但是在我們日漸衰老的容貌和心靈裡，愛情即便已經被各種現實咀嚼成無名之物，它仍然抵禦著真正的死亡。溫柔、照拂、要求、回應，這些新世紀男女爭論不休的話題，我們不置可否地經過並且讓它永遠沈默。再一次看小津，最後那一幕嫻熟美麗的日本女孩用柔柔的輕輕的微微的聲音回答失業的年輕男老師說：嗯！今天天氣真好。是啊！今天天氣真好。一對相互傾慕的戀人，只這嘴裡說著無關痛癢的早安和天氣，世界就整個美麗了起來。

不再追究生命的結局後，我想向你道聲早安，無論前一夜是輾轉還是酣眠，不管所慾望著等待著的是否與你有關。早安，我抬頭看著天空，微雨的三月，此時早已不是清晨。

（獲2004年教育部文藝創作獎散文首獎）

謎

如果屬於記憶的一切終將虛化

那麼

自己的真實——

該如何求索

十年前，我在一次山難中，拾獲了一本手寫手繪得極為詳盡的地圖。藉著它，我安然地回到了我的生活。在重獲生命的那一刻，這部地圖成為我的信仰。十年來，我仔細研讀記誦（除了那些與登頂無關的記敘之外），終於對當年迷途的山有了全然的理解。於是，為了印證前人的記錄和一雪前恥，我以無比的信心再上征途。

這部地圖其實更像是一本日記，除了一再出現的男子D. G外，只有末頁S. J的英文縮寫像是作者的屬名。地圖的第一頁，畫的是這座山的輪廓。和一般的地圖一樣，上面有三道蜿蜒的路徑，入口處分別用藍色、黑色和紅色標示著1、2、3的順序，下有一行註記，寫著：「D. G，我因你而來。」由此推想，作者是S. J大概是可以確立的。

這三條路徑，是大家所熟知的。十年前，我就是從標著紅色的3號入口登山，但那是條岔路極多的路線，所以這次我打算從1號開始。

一、1號

關於1號路徑的描述，記載於日記的中間部分。如果就以這個順序來看，作者登山的路徑是以2、1、3排列的。老實說，我不懂這個叫S. J的人，何以要在登頂後還嚐試其他的路徑？唯一的可能是── 在登頂之外還有更重要的目的。

1號路徑是條經過修整的山道，黃泥中隱見一些大塊但平滑的山石，寬可容兩臂平舉，重要的是它的坡度平緩，走起來毫不費力。我約莫走了兩小時，到達了日記上所標示的第一個位置。那是一面從左側山壁中間忽然擠出的山岩，錐角三面，狀似挺立的鼻樑，色灰黑，和兩邊平滑山壁上的綠草形成強烈對比。我從其正下方仰視，正好被籠罩於具大的陰影中。地圖裡標有：「容顏」兩字，旁邊還有一行註記是這樣的：「D. G我如願的仰望我所不解和所要遺忘的」。這話正好呼應了陰影的龐大投射，不過我覺得把「容顏」弄懂對登頂似乎沒什麼用處。

我繼續上行，發覺這條山徑上有許多比「容顏」更美的景致，卻完全不在地圖標記之中。由於沒有太多的艱難，在這個完美的第一天裡，我只以喝水度過。直到黃昏來臨，才依著地圖上雙紅圈處的一行註記：「在眼神裡休息」，來到一個前臨懸崖的峭壁。

誠如我對「容顏」的不解，這個名之為「眼神」的地方則更難以銓釋。首先，它不在1號路徑的主要路線上。依S. J的圖示看來，這顯然是一次偏離主線的錯誤嚐試，可是她卻沒有將這部分的錯誤塗銷，反而強調此處停佇的重要。其次，是「眼神」這個名稱的毫無根據，這面山壁極為陡峭，既無可視為眼睛的凹洞，而且整個山壁與懸崖間的寬度僅容雙足，我必須貼壁站立，將全身儘可能的向後仰靠，才可能維持平衡，而如此一來，整個人就得完全暴露在高懸的空中，向遼闊的遠方直視，並且無可移轉的接受強風的吹襲。

我在這裡撐持了一會兒，確信無法得到休息。為了明天的挑戰，我還是回到1號路徑上。在離開那裡的時候，天已經完全黑了，由於雙眼異常疲憊，我竟然錯覺地見到由D.G兩個字母構成的天際線。

經過一夜的休息，我在天微明的時候出發。霧氣甚濃，幾乎伸手不見五指，要不是這條主徑相當單一，很難不迷路。不過此時，我卻面臨一個極大的困難，那個原先因路面平緩而得到的好處，卻使我搞不清楚自己正在上山還是下山，甚至連「眼神」在左邊還是右邊都分不清楚。

在霧中走了許久，大約是三個鐘頭左右，天整個清爽起來。我遠遠地看到前面正是「容顏」，這才發現自己走的是下山的方向。這個錯誤很讓我懊惱，我開始有點抱怨這部地圖在1號路線上記載的簡略，雖然它還是很正確的。

這一天接下來的所有時間，我都在趕路。什麼時候又經過「眼神」，我完全不知道。地圖上沒有任何標示休息的地方，甚至可以說沒有任何標示。只有一道和山徑一樣彎曲的線，不斷往上延伸。我一面奔跑，一面核對地圖，一種無法喘息的壓迫感愈來愈沉重。是夜，手錶上的時間是十二點零七分，我不得不停下來休息。置身在這兩面不陡峭的山壁之中，蓊鬱的林木遮住了一切可能的視野，天空有些光影，但是見不到月亮。一種因陰暗狹窄而產生的惶惑惴慄，讓我第一次感受到1號路徑的神祕可怕。勉強吃了晚餐，蜷縮在路中央還可看到夜空的地方休息，只是我知道，這一夜我始終在等待，等待陽光的降臨。

第三天的出發，我極為謹慎，直到天已大亮、霧氣散盡才開始。這次我發現兩旁的山壁幾乎已成斜坡，路徑永遠低於其中。因此視野始終在單調的斜坡之內，走久了會以為自己在原地打轉。下午四點左右，我來到1號主徑的終點，前面一座與「容顏」相彷的三面錐形山岩高聳入雲地截斷去路，並且與兩側山壁的斜坡構成一個陷落的點。我站在這個點上向三面環顧時，自己彷彿忽然落入沒有出路的山谷裡，而來時的路徑一時間竟無從辨識。一陣慌亂暈眩之後，我打開地圖，仔細核對S. J在1號路徑終點上的標示。突然，在終點那個我研究過無數次的雙圈旁邊，見到一行潦草凌亂的註記，寫著：「除了容顏與眼神，D.G，陷溺是我唯一的道路」。

二、2號

我在山下休息了兩天，確定S. J在1號路徑上的錯誤，只是不夠詳盡。於是我恢復了信心，前往第2號山口。

地圖的一開始，就是第2號登山路徑。在「D. G，我因你而來」的後面，有一段關於第2號路徑的註記，間隔拉的很長，寫著：「放慢、爬升、離開、進入」。我顯然無法從這個註記得到任何明確地幫助，只是當我進入第2號時，一種全然新奇的景觀，完全吸引了我的注意。

我從未見過這樣的山道，每一步都面對著山壁，也因此每一步都像是終點。它和1號最大的不同在於——它幾乎沒有平緩的坡道，彎度出乎意料的曲折，山壁只有一邊，而另一邊從一開始就是尖峭的懸崖。這使我想起了「眼神」，不過那種前無進處後無退路的惶懼，卻遠遠過之。

2號路徑的悖離常情是非常明顯的，為此，我一直戰戰兢兢又同時充滿好奇。速度的遲緩，使我在到達地圖上第一個標示點時，已經是太陽西墜了。昏黃柔和的光線，從懸崖那方投射在陡峭的山壁上。風陣陣吹來，引來無數悅耳的聲音，或低沉平緩、或尖細高昂。聲音此起彼落、相互應答，頗有對話般的趣味。我翻開地圖上的註記，見到「相遇」二字。

如果要我對S. J在各個地點上的命名發表意見，大概只有此處是比較貼切的。懸崖和絕壁、路徑的似無還有，都頗能喚起我對生命中所隱藏的某些「相遇」的記憶，只是我無法明白：S. J的相遇是指山與她之間？還是另有所指？

這個夜晚雖然很暗淡，甚至有些孤獨，但是一直迴旋和不斷的驚異，卻使我久久無法入眠。於是我燃起火堆，背靠著山壁，對著充滿未知與危險的前方，細細翻讀地圖中那些我向來漠視的、類似日記的記載。

這些註記寫得很緊密，像一堆堆的字團散在山徑的四週，可以想見S. J在寫它們時的情緒激動。其中一團全是D. G的縮寫；另一團則不斷重複「暗戀」二字；還有一團寫的頗長，內容是：「D. G，我無意與你辯論，但生命原本就不是節奏清楚的樂章，所以我們總希望在規律的節奏中行進。可是不在規律節奏中的樂曲，不必然是變調的，即使它變調的可能比較大。其實沒有一首樂曲可以完全免除變調，那和彈奏的人有關。我真正擔憂的不是變調的問題，而是那些不在規律節奏中的樂曲，往往只能獨奏，不會有合弦」。這段話的左邊有些被塗抹過的痕跡，寫著：「唯一如何確立？D. G，是在概念之內？相遇之時？還是記憶之中？」。這頁的最後則寫著：「D. G，所有的語言都為了遮掩，遮掩火的眼神和燃燒的痛楚」。我想我有些了解D. G對S. J的意義了，不過，這一切和這座山有什麼關係呢？在這無盡的揣想中，夜——完全被拋棄了。

清晨到來時，我有點恍忽，但是前面的路卻顯得好走多了。我開始注意地圖上出現的標記，如「融洽」「爭辯」之類，其中最令我注意的是名之為「側影」的一片山壁，從路徑的正面望去，一張輪清廓晰、頭髮微捲、看來相當俊挺的男性側影就躍然目前。我心裡驀地一驚，彷彿自己正和S. J一起經歷一些什麼，登頂變得不太重要了。這一夜的山風急吹了一陣，然後下起了傾盆大雨。我無可掩避地穿上雨衣，打著傘，讓震耳的雨濤使我歸於平靜。我想起地圖上所標記的終點已經不遠，登頂的期待又熾熱起來，我告訴自己：明天！明天！一切都將完成。

路仍然以銳角翻折著，我終於來到地圖上標示的終點，但是令人無法置信的是，這個標示著終點的地方不是山頂，前面還有一樣折疊的路徑，只是坡度顯然是下降的。突如其來的打擊，再強的意志也會崩潰，我以撕碎般的瘋狂打開地圖，狠狠得盯著所謂的終點，這才見到一個被肢解零落的「散」字。

三、3號

我是如何再回到山下的，已經記不清楚了。好像繼續往前走就是往回走，只是景致完全不同，每一步都可以見到下一步的曲折。我摔了好幾跤，因為無法控制滑走的速度。

我整整休息了一個月，並且不再翻閱地圖，完全陷入無法為S. J詳載2號路徑的動機找到正當理由的信心危機中。剩下的3號路徑是我最不願嚐試的，更何況地圖的真確性已令人生疑。

蹉跎時間顯然無法打消我登頂的欲望，更有甚者，我對S. J的日記有了強烈的好奇。我不再稱它為地圖，只相信它是一本詳實的日記。當我再度翻閱它時，在3號入口前的一段話，讓我立刻背起行囊上山，它寫著：「真正的終點與完成」。

3號路徑的可怕，是我早已領教過的。它的山景非常平常，既不陡峭也不平緩，像所有的山一樣高高低低、林木亦疏亦密。但是歧路的層出不窮，則完全超出想像，其實走上這些主徑以外的道路，並不一定危險，然而它的複雜確實令人深畏。

我幾乎是盯著日記來走的，S. J處理這條路徑的標示出乎意料的清晰。她詳繪每一條岐路的位置，並給予不同的名稱。這些名稱不乏對光明的想望，如「回家」「安全」等，當然也有「失足」「毀滅」「放棄」這類陰冷的詞彙。但是無論用哪些名稱，她都用紅筆寫了大大的「不可」兩字，這使得我在紛繁的辨識和擔憂中，有種沉鬱的穩定。

我在3號上走了四天，奇蹟似的沒遇上大霧，山景始終充斥著膩人的乏味，直到我踏上第一個標示著「回憶」的地點。這裡是一個小小的山頭，平斜而遼闊，有四面無礙的視野，S. J特別註明了這是必須去的另一條主線。我不斷改變我的姿勢和角度，企圖領略一點S. J所謂的「回憶」，卻完全徒勞。小睡了一會兒，太陽又要下山了，正不知道是否要待到明天時，東邊不遠處的一座山壁引起了我的注意，那面陡峭的山壁和緊逼的懸崖，我確信，就是「眼神」。

站在這裡看「眼神」，有一種很特殊的感覺。完全沒有失足的恐慌和避風的渴望，它遙遠模糊，像一種不真切的夢境出沒於記憶之中。我想，如果「眼神」在那個方向，那麼我現在所站的地方，會不會就是那道令我產生錯覺的D. G

天際線呢？我跑下山坡，退到這條主徑的入口處，仔細的端詳，還是沒看出什麼。突然，太陽整個掉落，在霞光環成一個倒D字時，卻正巧掛在呈倒S的山形天際線上。

今晚，我詳讀S. J少有成行文字的第3號部分，故意搜尋那些日記式的自白。就在接近終點處，名之為「夢」的地方，我找到了一段註記：「D. G，我很高興我們可以這樣自然而且不會再有希冀的不再相見，沒有比這更好的方式了。未曾感到相遇，分別也就完全不存在，不過我並沒有如預期的醒來，一如我始終相信我不在夢中一樣，我是個適合飄浮的人，飄浮在我即將完成的記憶裡」。在這段話之後，日記的末頁有被撕掉的痕跡，因此「夢」不但是到達終點以前的最後一站，也是日記的終點。我闔上日記，面對明天即將到來的夢與終點，竟有難以言喻的悲涼。

中午時分，我踏上了「夢」。它是一塊巨大高聳但不陡峭的巖壁，我順利地攀爬而上，約莫只花了半小時。巖壁的頂端有一小塊平臺，沒有樹也沒有草，只有一道道雨蝕風割的紋路，透著孤絕的氣勢。我舉目四顧，沒有一座山峰不在它的腳下，全然的遼闊延展著無窮的視野。如果不是漫天而來的風和足下僅可容身的平臺，提醒我生死存乎一線。我幾乎要盡情的奔跑狂喊—— 對著無垠、對著蒼穹、對著一切的渴慕，去完成S. J所要完成的。

從「夢」下來，精神的亢奮久久不息，我不再想到登頂，只期待著比「夢」更震撼的終點來臨。我奔跑著，沒有注意到山徑的平直下傾。不一會兒，終點已在眼前，突然，我發現山徑終結處竟是斷崖，倉促間猛地以全力煞住雙足，跌坐在這個深不見底的懸崖邊上。一種無可名狀的驚懼吞沒了我，不知道過了多久的喘息，腦中仍一片空白之際，一抬頭，隔著深谷，眼前竟是—— 1號路徑終點的—— 巨大「容顏」。

四、遺失的一頁

D. G：

記憶終於在我的追索中完成，不過你將永遠見不到這些——還有我。

這是座有著相同兩面，呈九十度角聯結的山。你知道這山代表什麼嗎？我告訴你，這表示凝視的一方，永遠只能見到對方的側影，它們沒有互相凝視的一天。

我因記憶你而來。一路上，我細細地劃上鮮紅的標記，為了保有那一聲一語，和以為永遠的一切。可惜記憶是不可以完成的，一旦完成就消逝。標記只能是標記，離開絕對是離開。記憶是個理想的騙局，創造它的卻是我。

仰望著你無所不在的容顏，我必須向記憶道別。在縱身飛昇的此刻，我如此相信：永恆翱翔於你傲然眼神中的——將會是我。

（1997年教育部文藝創作獎散文獎）

後記

小時候常跟著鄰居的大男孩們在校園裡抓昆蟲，其實我對昆蟲嚴重過敏，只要看到毛毛的腳和凸出的複眼，就全身起雞皮疙瘩，即使這樣，我還是跟在這些男孩後面四處灌蛐蛐、抓金龜子和撲蜻蜓。雖然發現可能有蛐蛐的洞是令人興奮的，但是灌水開始，樂趣就會被緊張害怕逐漸取代。尤其是觸鬚露出洞口的那一刻，簡直就是天崩地裂的前兆，所有的神經都處於緊繃的狀態，你的好奇使你無法決定逃跑的時機，而你的恐懼則不斷吞噬你的好奇。於是在蛐蛐突然跳出來之前，那被想看想逃拉扯煎熬的緊張感，我後來才知道就是生命的常態，人永遠無法脫離的處境。

等候的兩極無論懸掛的是希望還是絕望，都因為它的無法逆料而顯得虛無。雖然我們總是等著，卻又不願等著。

脫除等待的現在投身虛無的未來遠景或是耽溺已經失去溫度的過去，生命大可在夢與夢中循環流轉。但我喜歡清清楚楚地等候著，知覺時間對意志的摧殘，才明瞭唯有等候的此刻，我們對抗了時間巨大的權威，片刻地掌握了我的存在。

果陀不來，軀體腐爛，人啊——

明知徒勞卻堅持，明知有限卻無畏地活著。

全文完

語言文學類　PG2226　秀文學42

候

作　　者／許琇禎
責任編輯／林昕平
圖文排版／林宛榆
封面設計／王嵩賀

發 行 人／宋政坤
法律顧問／毛國樑　律師
出版發行／秀威資訊科技股份有限公司
114台北市內湖區瑞光路76巷65號1樓
電話：+886-2-2796-3638　傳真：+886-2-2796-1377
http://www.showwe.com.tw
劃撥帳號／19563868　戶名：秀威資訊科技股份有限公司
讀者服務信箱：service@showwe.com.tw
展售門市／國家書店（松江門市）
104台北市中山區松江路209號1樓
電話：+886-2-2518-0207　傳真：+886-2-2518-0778
網路訂購／秀威網路書店：https://store.showwe.tw
國家網路書店：https://www.govbooks.com.tw

2021年1月　BOD一版
定價：240元

國家圖書館出版品預行編目

候 / 許琇禎著. -- 一版. -- 臺北市 : 秀威資訊
科技股份有限公司, 2021.01
面； 公分. -- (語言文學類 ; PG2226)
(秀文學 ; 42)
BOD版
ISBN 978-986-326-879-6(平裝)

863.57 109020430

讀者回函卡

感謝您購買本書，為提升服務品質，請填妥以下資料，將讀者回函卡直接寄回或傳真本公司，收到您的寶貴意見後，我們會收藏記錄及檢討，謝謝！

如您需要了解本公司最新出版書目、購書優惠或企劃活動，歡迎您上網查詢或下載相關資料：http:// www.showwe.com.tw

您購買的書名：________________________________

出生日期：________年________月________日

學歷：□高中（含）以下　□大專　□研究所（含）以上

職業：□製造業　□金融業　□資訊業　□軍警　□傳播業　□自由業

□服務業　□公務員　□教職　□學生　□家管　□其它_____

購書地點：□網路書店　□實體書店　□書展　□郵購　□贈閱　□其他

您從何得知本書的消息？

□網路書店　□實體書店　□網路搜尋　□電子報　□書訊　□雜誌

□傳播媒體　□親友推薦　□網站推薦　□部落格　□其他__________

您對本書的評價：（請填代號　1.非常滿意　2.滿意　3.尚可　4.再改進）

封面設計____　版面編排____　內容____　文／譯筆____　價格____

讀完書後您覺得：

□很有收穫　□有收穫　□收穫不多　□沒收穫

對我們的建議：________________________________

____

____

____

請貼
郵票

11466
台北市內湖區瑞光路 76 巷 65 號 1 樓
秀威資訊科技股份有限公司 收
BOD 數位出版事業部

（請沿線對折寄回，謝謝！）

姓　　名：＿＿＿＿＿＿＿＿　年齡：＿＿＿＿　性別：□女　□男

郵遞區號：□□□□□

地　　址：＿＿＿＿＿＿＿＿＿＿＿＿＿＿＿＿

聯絡電話：(日)＿＿＿＿＿＿＿＿　(夜)＿＿＿＿＿＿＿＿

E-mail：＿＿＿＿＿＿＿＿＿＿＿＿＿＿＿＿